楊牧・七星潭

張曼娟・烏龍外景隊・鬧麥拉

蕭麗紅・千江有水千江月

朱少麟・傷心咖啡店之歌

蔡素芬・鹽田兒女

白先勇・孽子

飛翔之島

——孫　梓評的閱讀旅行

孫梓評作品集 6

飛翔之島——孫梓評的閱讀旅行

作　　者　孫梓評
責任編輯　姚明珮
企劃編輯　紫石作坊

發 行 人　凃玉雲
出　　版　麥田出版
台北市信義路二段 213 號 11樓
電話：(02)2351-7776
傳真：(02)2351-9179、(02)2351-6320
發　　行　城邦文化事業股份有限公司
台北市愛國東路 100 號 1 樓
電話：(02)2396-5698　傳真：(02)2357-0954
郵撥帳號：18966004　城邦文化事業股份有限公司
網址：www.cite.com.tw
E-mail :service@cite.com.tw
香港發行所　城邦（香港）出版集團有限公司
香港北角英皇道 310 號雲華大廈 4 樓 504 室
電話：25086231　傳真：25789337
馬新發行所　城邦（馬新）出版集團有限公司
Cite (M) Sdn. Bhd. (458372 U)
11, Jalan 30D/146, Dese Tasik, Sungai Besi,
57000 Kuala Lumpur, Malaysia.
電話：603-90563833　傳真：603-90562833
E-mail : citekl@cite.com.tw
印　　刷　凌晨企業有限公司
一版一刷　2002 年 7 月 10 日
定　　價　220元

ISBN　986-7895-52-5

PREFACE

序 祝福彼此

孫梓評

生命裡總有一些意外的出發。

就像兩年前我退伍，北上待業中，還飄浮著、沒有著落的時候，意外地接下了自由時報旅遊版的一個企劃案。

那時，編輯孫守仁先生約我聚談：有沒有可能，透過台灣的文學作品裡的描述和時空的變遷，去介紹台灣的旅遊點？他給我很大的空間，我便開始著手書寫構想的草圖，把自己過往的閱讀經驗從背包裡翻出來，或者跑書店，或者上網查詢，初步設計了六條動線，名之為「台灣大旅行」。這些地點，從台北到嘉南平原、高雄屏東、宜蘭花蓮、台東都有，除了主文部分的進行，還加上一些如「當地美食」或「旅行耳朵」或「實用資訊」的介紹。因為攝影也得自己來，我便一一將景點走過，是一次很奇妙的全省走透透經驗。

後來，這個專題在報上發表之後，我卻有些貪心，想要把離島的部分也補加進來，讓島的規模更形完整，於是，又添加了金門、馬祖、澎湖、綠島、蘭嶼等離島，並且也利用時間，一一去攻佔了這些或大或小的島嶼。

想想，真是好漫長的一趟旅程啊。

出發之前，我必須先複習要介紹的文本，挑出拍照的景點。到了實地，要擔心天氣，擔心進度，擔心不認得路。回到家裡，卸下行囊，還得想想該怎麼寫，才能帶出重點——每每，我坐在電腦前，憶想起那些雲影天光、風聲人語，深深感覺到文字的無力。我，不過是個卑微的轉述者與書寫者罷了，最精彩的，都留在原地，我都帶不走的。

偶爾，也必須應付一些突發的狀況。

好比去蘭嶼那次，一個朋友與我同行，我們在蘭嶼停留兩天一夜。入夜用過晚餐之後，樸素的蘭嶼便彷彿睡了。我們投宿的旅館連電視也沒有，但打開窗即是八代灣的潮聲。於是，我們摸黑沿著濱海的路走了一段，走過那些興建中的房子，也走過夏曼・藍波安的字裡行間。由於太過安靜，聽得見天上的雲在疾走，對岸的台灣也隱在一片黑暗之中了。我們坐在老舊旅館前的石椅上，邊吃著泡麵，邊聊到深夜。這樣一座荒涼的島，我們真的抵達了，下次再來，會是什麼時候呢？兩個人都有深深的慨嘆。

沒想到，隔天中午到機場準備搭機離開時，因為之前一場雷雨，機場宣布關閉。接送我們去機場的老闆小心翼翼地跟我們說：趕快去填候補！我和朋友都不解，我們是事先訂位且買好來回票的，難道我們沒有優先候補的資格嗎？結果，機場的地勤人員解釋，因為這是不可抗拒之天災因素，所以不予負責。

既然如此，我們也只好耐心地等待了。整個下午，我們就跟陰涼的天氣耗著，等機場一再地宣布關閉，直到完全放棄為止。由於沒有船班，飛機是唯一離開的方式，旅館老闆又把我們給載回了飯店。

夜裡，當我與朋友又望著相同漆黑的海，聆聽著悲傷的潮聲，並肩坐在老舊旅館前的石椅上時，不禁笑嘆：人算不如天算！但是，我們為了發揮「愈挫愈勇」的精神，並且其實隔天一定得回到台灣，齊手同心擬定了一個「搶排候補大計劃」。由於機場人員會在隔天早上八點，把新的候補單給貼出來，讓大家依序填寫，在每班飛機只有十九個座位，且一天只有五個航班的狀況下，當然要「拔得頭籌」才行。這時，我們共同決定好的小祕密就是，要隔天一大早就「步行」到機場去（因為時間太早旅館不負責接送），天未亮我們就開始等，總可以等到了吧？

為了避免「百密一疏」，我們決定先走走看，看看到機場要走多久，好控制隔天早上起床的時間。然後，一切準備妥當，便帶著賊賊的笑意上床睡覺了。

凌晨四點，我的長頸鹿小鬧鐘準時地響起，我們毫不賴床，準備好的早餐，就是最美味的——泡麵！兩位戰士在食物的加油打氣之後，憤然揹起了背包，往機場出發。潮聲洶湧，配合黑暗中的雲在變化隊形，傳說中的惡靈之島：小蘭嶼，正在我們的身後，我們越過野百合、稻田、水芋田；有一段實在太暗，朋友靈機一動拿出手機，用螢光照路。結果一個不留神，朋友「哇」地大叫一聲，原來是半夜不睡的蘭嶼豬仔出來嚇人。

好不容易，長路迢迢，我們終於走到了機場，嘿嘿，果然四下無人，趕緊拿出預備好的候補排隊順序單，用貼紙貼在牆上。

我們贏了。

天還沒有亮但快要亮，這又是蘭嶼的一天之始，紅白相間的圍牆旁，有人在長長的機場跑道上跑步。我呼吸著風裡的味道，看著並不高

PREFACE

的遠山，想像那是有著傳說中蘭嶼祖靈的山。後來，又經過一些擔心與忐忑，我們終於順利搭上第一班飛機，起飛。

台東降落，換搭火車。坐在北上的火車車廂，心裡卻有一種好奇怪的感覺——我不過是從一座島，飛到另一座島。

蘭嶼回來後，生活依舊緊湊忙碌，一次當我獨坐電視機前面啃泡麵，邊望著千篇一律的電視節目，忽然有一瞬，我以為我聽到了八代灣的潮聲，時空焊接，我想起那兩個坐在石椅上、有朋友可以聊天的夜晚。

於是，我馬上撥電話給遠方的朋友，說了我的想念。

然後我明白，從一座島，到另一座島之間的飛行，為的是想念。

那麼，你也準備要出發了嗎？

讓我們，祝福彼此。

二〇〇二年、六月、花蓮

CONTENTS 目錄

飛翔之島

孫　梓評的閱讀旅行

START

瑞穗爾雅，花蓮詩經

攝影／E&S

站在有點高度的地方看花蓮，

日落之前，黃昏未晚，

整個透明的城市像黎明的一瞬卻即將要步入夜的掌管，

天地間，

就產生了一種飽滿的、理解的、溫柔的藍……

1

清水斷崖

初抵花蓮，人們都會被渾然天成的山水驚豔。

蘇花公路傍著太平洋，山海逼臨的清水斷崖一段，眞正像是把靈魂放在浪上，乍起乍落，面對美，只能屏息。這一切，有詩爲證。鴻鴻在〈花蓮讚美詩〉裡便說：「感謝上帝賜予我們不配享有的事物：花蓮的山。夏天傍晚七點的藍。深沉的睡眠。時速100公里急轉所見傾斜的海面。愛與罪。」

而當蘇花公路接近終點，正是東西橫貫公路的起點。

讓我們隨著潘弘輝一起搭上那班往洛韶的老公車，在他的短篇小說〈畫布〉裡，以濃郁的文字、緊密的思維，剖析了青春，直見性命。故事的主角在靳珩橋下車，追隨著幻影與眞實來到燕子口，然後，他與畫像進行空靈對話，峽谷裡穿梭的氣流既是質問也是拯救。然而，時間的謎面，答案都在自己心中。就像當一切往事悄然遠逝，被水切割過的山脈，如同裂縫的擁抱，靜靜守候一種離開。

離開太魯閣，到達花蓮市之前，機場旁邊便是美麗七星潭。楊牧的七星潭是這樣的：「潮聲蓋過了／時間的顏色／背對那無端的組合」。而年輕詩人劉亮延的七星潭是這樣的：「在七星潭曾經有一種端莊曾經有／一個男子學會奔跑」。至於潭畔優美的弧彎旁的晶澈石頭，則被書寫成「深深浸濕眼睛並告訴女子／石頭都是眼淚」。這晴天雨天的海，曾被許多人眺望，潮聲一一翻轉成詩。

花蓮市區，卻已具繁華都市的臉。

儘管，台灣著實太小，無法因距離眞正區別城市獨具的個性，然而，花蓮卻仍是得天獨厚地孕育出相當重要的幾位作家如楊牧、王禎和、陳黎、陳義芝、陳克華、林宜澐等等。因此，漫遊文學花蓮，就好像是以這些文采熠熠的作者用生命眉批過的居所爲串連。

七星潭不解世事的海

首先，當以楊牧的自傳性散文《山風海雨》、《方向歸零》、《昔我往矣》三部曲揭開序幕。因爲還殘著一點日據時代的記憶，在字裡行間，楊牧先帶領讀者抵達

七星潭事不關己的雲

了一個老花蓮，那仍是日式房舍的氛圍，好像一個不經意的轉角，可以看見年少的他正因海水或路過的火車騷動著，抒情的文字轉刻了年代裡的細紋，很個人的，很感官的，充滿氣味顏色和聲音的，一個楊牧見證過的花蓮。

想像中，過中山橋或中正橋時巧遇花蓮高中的男孩們三三兩兩地放學了，迎坡而上，迎面而來的青春，那裡或也有一抹影子，是仍以筆名發表的葉珊，或是後來回花崗國中任教的陳黎。

如同楊牧以大量的花蓮入詩文，陳黎的散文集《聲音鐘》亦是一冊既魔幻又寫實的花蓮情書。如〈木山鐵店〉，走在市街上，就能與店家面對面相遇；又如〈波特萊爾街〉，看似呼喚法國詩人，其實虛擬了他每天的單車動線，上海街南京街福建街，都成了車輪下的歲月。在其後跋〈醇厚的人情，驕傲的山水〉裡，更彷彿攤開一張花蓮市街道圖，所記、所載都是最道地的鄉土人文。從時間的上游，地理的分佈，寬闊而多面地蒐羅了此間的人情樣貌。

因此，透過閱讀，你知道那其貌不揚的上海街是陳黎的上海街；貌甚平凡的南京街是陳克華童年的場景；溝仔尾滔滔的溝水流過了舊的煙花和新的美味；明義國小是陳義芝逃學的哥哥的母校。忠孝街上有媽祖廟，信義街上有城隍廟，「廟前」的意象是陳黎詩作中最初的主題⋯⋯⋯⋯。至於中山路與中正路口附近的寶島眼鏡，原是王禎和的故居，民國五十年秋天，他和張愛玲曾留下一張難得的合照。

花蓮高中，多少花蓮詩人的母校

除此之外，王禎和更留下了如《嫁妝一牛車》、《玫瑰玫瑰我愛你》等精彩的喜劇小說，這些屬於鄉土的故事，已是台灣文學史上不能略讀的一頁。

你更會知道，到達花蓮女中之前的花崗山公園，那曾被陳黎的歷史眼光看透，寫就了〈花蓮

寫在沙上的誓言

晴朗的山

港街．一九三九〉一詩，彼時，花蓮女中仍是花蓮高等女學校，花崗國中則是日本人子弟就讀的花蓮港尋常高等小學校，詩人眼中的這片山丘「嫻靜如少女的小城／微微隆起的胸部」，遠方未被炸掉的花蓮燈塔則「勃起於記憶甦醒的位置」。

花蓮山水：人文的山水和自然的山水交錯，雖位於台灣的後山，卻像是得天之幸的一塊淨土，無怨地吞吐著靈氣。然而，當城市本身別無選擇地朝著現代化邁進，倘若向街上行人問路，他們臉上所掛著的微笑，不知與一九三九年時，有什麼不同？

about... 途經瑞穗。

去林田山吧。

張曼娟在〈烏龍外景隊，開麥拉〉裡，提到的那個林田山，位於鳳林鎮的山上，原名森榮（摩里沙卡），是一個林場。曾幾何時，物換星移，林場也失落了繁華。如今，餘下來的是一大片完整的日式木屋。倘若，剛好遇上有雨的時候，隻身走過一幢幢的老平房，眞像步入一個時光的舊盒子，裡

林田山曾經廢棄的鐵軌

頭有愛過的人，凝固的空氣，一兩首不會過時的歌。幸運的話，還可以透過當地解說員「螃蟹」的帶領，看看「福利社」裡的老古董，聽他說說往事。循線往上，走一截單軌鐵道，逛逛整修中的中山堂，孩子們上課的學校、幼稚園、綠油油的樹。去林田山，應該隨行幾個可以談天說地的朋友，在山路上交換一段彼此的順遂或滄桑。

鳳林更南是光復，半封閉的糖廠出產著便宜可口的本土冰品。然後，靠近舊名「水尾」的瑞穗，便也靠近了此地的溫泉區。匯集了秀姑巒溪、清水溪、塔比拉溪、馬蘭鉤溪、紅葉溪的此地，像花東縱谷上的一顆美麗的臍眼。

有裡、外溫泉之分的紅葉溫泉和瑞穗溫泉，水質略有不同，但濃濃的溫泉味總能溫暖冬日旅人的身心。在瑞穗溫泉附近的瑞穗農場，也是

微濕的林田山

晴朗的樹

此地一大特色。隔著柵欄，看乳牛吃青草，彷彿有歐式莊園之感。農場裡並有自製的新鮮乳製品，可以搭配休閒時光。到了夏日，秀姑巒溪水量漸沛，泛舟的人潮亦隨之湧入。沿河階向下泛游，有各種不同的地形：通谷、風口、改向河、沖積扇等等，就像一本自然的教科書。

對楊牧而言，瑞穗卻是一場戰爭的回憶。他在〈接近了秀姑巒〉裡提到：「這五十公里的火車路程，在我記憶裡好像花了一天才到，可是感覺上並不像疏散逃難，倒更像是一次令人快樂的春日旅行……」。不解世事的孩子隨著父母避難到瑞穗的阿眉族山地村，借住，想像遠方的戰火，偶爾

楊牧的花蓮港

空襲，好像眞有一種氣息，屬於動盪時代的。

只是，讓楊牧從孩提跨向成長的關鍵，卻不是家國戰變的烽火，而是一次到森林裡，撞見有人屠牛，他無意間看見了牛的深情凝視與瞳中的淚。於是，他說：「我懷疑我的童年是不是已隨著那屠殺而結束了？」

瑞穗爾雅，是一本詮釋人性的字典，楊牧學會的第一個字，叫做眼淚。

about... 記憶美饌。

收錄於陳黎《聲音鐘》裡的首篇，即是名聞遐邇、纏繞花蓮在地人甜美記憶的「麻糬」。有別於滿街林立的名產「花蓮糬」，這裡所指的，是橫跨半個世紀，如今已從流動舖子變成擁有三間店面的「曾記麻糬」。

第一間店面是座落於花蓮市民國路靠近和平路上的一間小店，卻總是在各花蓮寫眞冊中

南濱夜市

花蓮市的石雕公園

不忘提上一筆，不單單是因爲曾水港先生締造了一頁麻糬傳奇，更大的原因，恐怕是那一口又香又Q的好滋味，爲在地的居民記錄了歲月，爲離家的人記錄了鄉愁。店裡以環保的瓜瓢爲容器，除了椰子、芝麻、花生、綠豆、紅豆五種基本款式，還自行研發如草莓、黑豆、抹茶等花式口味。標榜著不能超過二十四小時的賞味期限，除了確保成品的新鮮，應該也是相當有自信：「如此美味的點心怎麼可能放那麼久」吧？

除此之外，豐興餅舖的各式餅食亦獨樹一格，如鴛鴦餅、小月餅、草莓泡芙都是精緻的甜點。藏匿於小巷

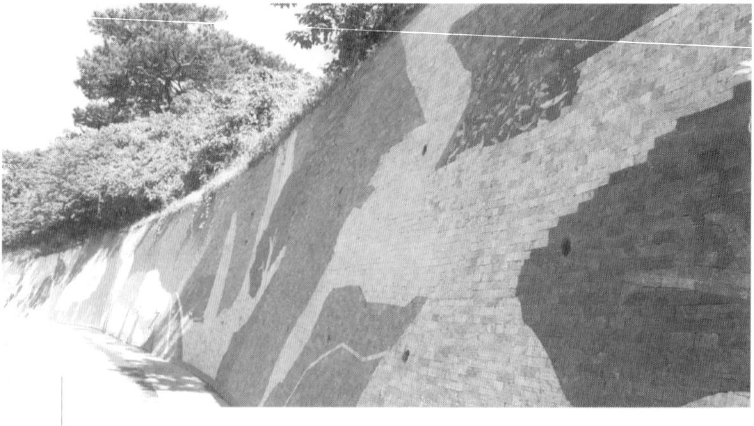

花蓮的大理石嵌畫

思想起餐館內部

中的液香扁食，知名度甚高，店內獨沽一味：扁食湯。貨眞價實的扁食快煮之後，放進特製的清鮮湯頭裡，平淡中有雋永，適合深情的人。另一間深巷中的餐館是「思想起」，門口有假的庭園造景，一隻像是發條鳥般的石像駐守著一口泵浦，然後，踏進店內，是改造後的日式平房要販賣一點懷舊感。要特別推薦的是「紐曼」咖啡館，漫走中東多年的老闆帶回來的墨西哥式料理，有義大利麵，匈牙利牛肉燉飯，特製薯條，檸檬汁。世界的版圖忽然縮小，在一個花蓮夜間，點著燈的餐館的圓盤上。

about... 旅行耳朵。

站在有點高度的地方看花蓮，比如說「松園別館」，蒼蒼老松的遮護之下，或許剛剛好可以遇上那種藍：日落之前，黃昏未晚，整個透明的城市像黎明的一瞬卻即將要步入夜的掌管，天地間，就

美崙山上的，松園別館

太魯閣進行式

產生了一種飽滿的、理解的、溫柔的藍。

把視野放遠，可以望見海。佯裝無事人一樣的海，已經明白所有的故事了。

所以，旅行的耳朵很適合銀色的吟唱，像「里斯本故事」裡的聖母合唱團，他們彷彿釋然的歌調，把光影拉得很長。現在，提琴、吉他、女聲都已經準備好了，足尖蹬上危牆，讓我

明暗

Hualien

們並肩走一程人生，聽他們唱。

他們是這樣唱的：「女孩在跳舞／或者，男孩在跳舞／哦，美好的人生／就這樣過下去／從不厭煩／走調的人／有一隻耳朵是聾的／請讓我給你，你要求的一吻……」。把安全的那隻耳朵打開，聽遠方的潮聲，男孩跳舞，女孩跳舞，這是一個健康美麗的城市。當夜色來臨，也好想學花蓮的女詩人吳瑩，學她的薄薄的詩集《單人馬戲團》，學她精靈般巧妙變換的文字，學她在憂傷的港濱施放無聲煙火書，學她把蓄長的髮解下，輕輕梳成黑夜，上面有點點光亮。

戀人的九曲洞

Hualien

駐足花蓮
默讀流年。

花蓮到了，旅客請順序下車

和花蓮相關的書

陳黎。聲音鐘／元尊文化
陳黎。偷窺大師／元尊文化
陳黎。島嶼邊緣／皇冠
陳黎。廟前／圓神
陳黎。家庭之旅／麥田
楊牧。葉珊散文集／洪範
楊牧。山風海雨／洪範
楊牧。方向歸零／洪範
楊牧。昔我往矣／洪範
楊牧。時間命題／洪範
劉亮延。你那菊花的年代／唐山
陳克華。無醫村手記／圓神
陳義芝。遙遠之歌／花蓮縣立文化中心
鴻鴻。可行走的房子可吃的船／皇冠
吳瑩。單人馬戲團／花蓮縣立文化中心
潘弘輝。人馬紀事／麥田
邱上林等。觀光花蓮／花蓮洄瀾文教基金會
張曼娟。夏天赤著腳走來／皇冠

攜帶的音樂

聖母合唱團。AINDA／EMI唱片
聖母合唱團。MOVIMENTO／EMI唱片
聖母合唱團。O PARAISO／EMI唱片

有名的液香扁食

煮扁食的女人

花蓮美味

＊曾記麻糬：
花蓮市中華路161號
03-8348397
＊液香扁食：
花蓮市信義街42號
03-8326761
＊豐興餅舖：
花蓮市中華路107號
03-8352606
＊思想起：
花蓮市大同街87號
03-8311015
＊樸石咖啡館：
花蓮市明禮路8號
03-8345968
＊紐曼咖啡館：
花蓮市光復街64號
03-8331329

其他

＊花蓮旅遊中心：
花蓮市國聯一路106號　03-8341042
＊花蓮洄瀾網：
http://www.poja.com.tw/
＊林田山解說員：
螃蟹（許進華）
0912-224-397　03-875-2117（可電話聯絡）

Hualien

礁溪出發，蘇澳抵達

攝影／E&S

站在宜蘭山水之前，

瞭望冬山稻田，

一片綠油油的風景，
山在遠方，
彷彿一皺眉便有雨水，
風吹拂而過，
忽然感受到簡媜曾經醉臥的稻浪，
就在眼前。

2

比起北海道的登別，宜蘭礁溪的溫泉街是遜色多了。

在登別，因爲日本對於觀光資源的妥善利用，除了有非常方便的巴士接駁交通之外，更配合當地地熱現象，將整個登別規劃成鬼城——走在溫泉區，三步五步就會撞見一隻鬼，或者是保佑「學業成就」，或是「戀愛順利」，或是「親子鬼」、「夫婦鬼」、「地震鬼」……。因爲人們的童心想像，鬼變成一種人的朋友，衍生成地域的圖騰，強化了遊客的印象。日落之後，山區微涼，更可見到許多浴後的人們輕鬆地穿著浴袍、木屐，沿街逛開，酒綠燈紅，宛如太平。

落在礁溪老房子屋簷上的歲月

在礁溪，我們可以引爲自豪的，卻是一篇優秀的小說，以及看來商業氣息頗重的湯圍（礁溪舊名）市街。黃春明的小說〈莎喲娜拉，再見〉即是以礁溪爲背景，描寫一個商員爲了帶七名日本客人到礁溪尋芳買春的內心掙扎，在幾乎完全喪失民族與個人自信心的情況下，火車上偶遇一個想到日本唸中文的大學生，黃春明巧妙地透過「翻譯」這項本身即具備著創造性的工具，將想出國取經的大學生數落一頓，同時也針對日人侵華的殘酷罪行予以責難，兩方都在心虛中認了錯，直到學生要下車時，說了句「莎喲娜拉」；七個內疚的日本人，回了句「再見」，故事在一種悠遠的疊合中結束。

醉臥稻浪

回顧礁溪的溫泉發展史，已經可以上溯兩百年前，眞正有規模地開發卻是在一九二四年宜蘭線鐵路通車之後。當時的湯圍溫泉融合了公共浴室、食堂、澡堂和藝妓等等。至於黃春明所寫的應該屬於第二階段，即一九七○年進入全盛時期的「酒

通往五峰旗路上的溫泉飯店

番文化」。彼時純樸民風的礁溪出現了「飲酒番」，媽媽桑帶著鶯鶯燕燕把溫泉鄉變成「溫柔鄉」，許多日本人或本地人到此尋歡，醉翁之意不在溫泉，平白浪費了那樣美好的資源。不過，也正因為文化上的強烈衝突，才促使小說家靈感迸生，進而造就了一篇好小說。

故事裡有著美麗姑娘的溫泉酒肆叫「碧山莊」，只是遍尋整個礁溪地帶都沒有這間店家，應該已在歲月中消逝了吧。想像中的畫面是相當旖旎的，當黃昏日落之後，街上飄著一點酒味、溫泉味，那卡西藝人的走唱之歌勾勒出異鄉輪廓，

Jiaushi

宜蘭旅遊中心

就好像傳說中那些「神風特攻隊」赴死之前會到此地買一夜風流，陌生女子的臂彎竟是他們一生最後的記憶？彷彿也就有些悲喜難言的荒謬與無奈了。

所幸，在一九八〇年之後，「酒番文化」由盛轉弱，當地人們成立遊客服務中心、溫泉觀光產業促進會，力圖洗去舊日惡名，重展礁溪風華。走在總是帶著一點雨意的礁溪街上，濛濛山嵐飄過，停格在山色之前，細雨霏霏，非假日時分大半店面都半掩，旅館以六折優惠吸引遊客。這樣一座帶著兩百年心事的小鎮，是如何想像自己的呢？

近來湯殿（個人浴池）盛行，礁溪鎮上也開了更多更華麗的溫泉飯店，只是走在往五峰旗瀑布的沿線，看見各式各樣大大小小幾乎是家家戶戶的溫泉旅店，不禁有些嗟嘆：是啊，質優清澈的白礦溫泉或許是上天給此處的贈禮，弱鹼性微溫浴就如同天然化妝水一般，但若只是一味地瓜分自然資源而忘記創造與整體性的規劃，恐怕我們仍是醜化美好風景的罪魁禍首吧。

冬山的風景，
竟與日本北海道神似

about...

宜蘭之南。

礁溪往南是宜蘭，整街都是名產店，鴨賞和蜜餞。再往南，羅東和冬山。羅東有著整治河流典範的「冬山河親水公園」及「羅東運動公園」，並且，是小說家黃春明的故鄉。在謝春德攝影，古蒙仁撰文的《作家之旅》一書中，便曾造訪黃春明的故居。文中提到，如今的興東街一帶，當初被喚作「浮崙仔」之處，便是黃春明小時候出生、長大的地方。此外，羅東也是屬於打「鑼」的憨欽仔的。

那麼多栩栩如生的人物，總在小說家的手裡重生。

而冬山，是散文作家簡媜的故鄉。她用以捕捉鄉音的散文集《月娘照眠床》，分人情鄉景多層次地寫出了鄉間小鎮的美好與滄桑。

來到冬山，腳步也變得溫柔。根據簡媜在序文「一定有一條路通往古厝？」所給的路線圖：「過了砂港，還得走一段路！」於是，來到冬山的砂港橋，穿越一個鐵路道之後，我們抵達了「珍珠社區」。那時，應該是民國六十六年間，台灣還在土地重劃，在台北就讀高中的簡媜竟在回家的途中迷路了，好不容易，攀越土丘、涉越泥河才回到老厝。是那樣的一段路，給了一個創作者最根本而形上的孤獨感——她熱情邀約回故鄉的摯友在這樣的舟車勞頓後，說：「明天一大早，想回台北！」。簡媜因此明白：或許，沒有一條絕對可以回得了家的路，也沒有一個可以隨你回家的正確的人。

但如今，站在宜蘭山水之前，瞭望冬山稻田，一片綠油油的風景，山在遠方彷彿一皺眉便有雨水；風吹拂而過，忽然就感受到是怎樣的母土給一個創作者戴上飛翔的后冠，讓她奶水豐沛的童年在一生裡不斷地湧出，成爲文字寶藏。風吹拂而過，簡媜曾經醉臥的稻浪，就在眼前。細數「碗公花之什」、「龕之什」、「飛蝶之什」、「月娘之什」，冬山的人、冬山的地，都成爲文字的排列。

值得一提的是，在珍珠社區裡，近來還有一項新發現：「南瓜隧道」。在瓜農的巧心安排之下，成爲觀光新景點，每年的四月到六月，各式童話般的橙黃南瓜垂掛，像是灰姑娘的御車房。冬山

冬山農舍的小鴨子

幸福的南瓜隧道

產茶，沿著山路上山，各式農場裡有山產野味可吃，走到最底，進了「仁山苗圃」，不但可以觀賞飛蝶與花，還可以由山腰俯瞰整個蘭陽平原。

簡媜在〈月魔〉裡說：「離開冬山，平原第一次與山衝突」，那是從南下的火車車窗上看見的。離開冬山，往南是蘇澳。蘇澳的冷泉很有名，距離火車站也不遠。炎炎的盛夏，浸浴其中，像泡進一盆清新的七喜汽水。再往南，與蘇澳比鄰的南方澳則緊貼著海，故事很多。黃春明相當有名的一篇〈看海的日子〉，描寫一位不被命運擺佈的妓女白梅，在生命對她的種種不仁之後，決定要自己書寫自己的未來。她偷偷懷下的孩子，那個窗外灑滿白色衛生紙如百合花的山腰，即是南方澳曾有許多妓女戶的山腰。小說裡除了還原妓女生涯的血淚之外，也側寫了討海人的生活，更帶

仁山苗圃的春花

出了南方澳漁港的腥味和生命力。

無獨有偶地，王文興令許多人望之卻步的長篇小說《背海的人》，也似乎暗中以南方澳爲背景。他這般寫道：「除了那座媽祖廟之外，全般的房子一般樣的都是以木板拼搭釘組而乃成底，……到確確的可竟亦且有一舍洋房，當然是這一帶地區裡相當之乎萬綠叢中一點紅地那麼樣的一個，就是那鍋天主教掌有的教堂……」。媽祖廟與天主堂，還有揮之不去的妓女戶，人神三界充乎其中，背海的人一步一步咒罵人世，並企圖與乾淨思辯的靈魂靠近。

另一本不能忽視的，就是在地人邱坤良所寫的《南方澳大戲院興亡史》。在邱坤良的飄浪之憶中，時光追回，全盛時期的南方澳再現：充當學校的南方澳大戲院、金身媽祖的熱鬧儀祭、脫衣舞文化裡的人與故事。說書人一般，邱坤良的追憶逝水年華。

南方澳漁港，正是〈背海的人〉所背對的

現今的南方澳，海水仍藍，銜接著南方澳和北方澳的跨港大橋如同一道美麗的弧

南方澳海濱

線，輕輕地弓起。橋畔，可以眺看遠方的海，可以張望蘇澳港忙碌的船隻出入，可以感受一點鹹鹹的風，也可以想像黃春明筆下的白梅正與那名精壯年輕的討海男子阿榕擦身，故事激起如瞬間的浪花；同一時刻，不解世事的邱坤良還在童年的巷子裡赤腳奔跑，花很短的時間就能離開小村莊，走上蘇花公路，在那忽然拔起的高度裡，細細品嚐這個美與哀愁各半的鬧熱漁港。

像汽水一樣的蘇澳冷泉

about...
怡然美味。

當你行走於礁溪市街時，一定相當容易便可以發現當地特產：溫泉蔬菜。山區多雨，一把把翠綠的青菜就擺在路邊的小攤上，像是永不過時的夏色。因為礁溪溫泉質屬碳酸泉，PH酸鹼值約七點七，用以灌溉農作物正

碩美的礁溪溫泉蕃茄

好可以中和土壤裡的化學肥料，且不易有病蟲害，生長速度也比較快。而溫泉裡的礦物質也增加了蔬菜的營養。除了春天的蕃茄，夏天的茭白筍，四月到十月的絲瓜，最富盛名的溫泉空心菜更是大小餐廳非吃不可的美味。到了礁溪，除了給自己一盆養顏的美人湯，別忘了也來一盤可口的綠葉：黃昏時馬路邊開始營業的大排檔是很不錯的選擇，除了空心菜，還可以吃到新鮮的海味。

宜蘭市裡，除了有蜜餞、羊羹等眾多當地的伴手，此外，中山路旁一間老舖「振地餅舖」賣的「李仔糕」以季節限定的新鮮李鹹製作，鬆軟芬芳可口。冬山鄉一間歷史悠久的麵包店「吉珍香」，亦有季節限定的「南瓜餅」，甜而不膩，其

可口的溫泉空心菜

上佐飾幾顆南瓜子，憑添不少美味。

about...
旅行耳朵。

陳明章

和淡水走唱團呈現出來的那卡西風味，應該是很適合蘇澳出發，礁溪抵達的尾班車。陳明章一貫有些滄桑又好似無所謂的嗓音唱著：「故鄉的港邊／一張平安符／一卡金戒指／觀音媽妳得替我來保庇……」是離鄉人的心情，也是異鄉人

礁溪夜裡的大排檔

金身媽祖過生日

的心情。「蘇澳來ㄟ尾班車／你要載我去叨位打拼／蘇澳來ㄟ尾班車／頭前甘會嶇嶇歧歧？」歌聲流轉，彷彿也看到那個懷著孩子、打定主意要返鄉的白梅，她映在車窗上憂喜參半的臉。

或者，來一張「戀戀風塵」的電影原聲帶吧。一樣是陳明章的音樂，看歲月的船，聽風的口哨，送走雲的陰影，然後，許景淳悠悠地唱了：「一滴、二滴、三滴／滴滴滴落下來／深夜的雨水越來越幽深／惦惦罩在阮想你的深更」。無盡的雨水，像溫泉鄉的愁緒與甜蜜，山嵐來了，薄薄地罩住山谷，也籠罩在往來的人們的心上。

Jiaushi

隨身雨具
下雨不愁。

相關書籍如下，讀了，心情便不下雨

黃春明。莎喲娜拉，再見／皇冠
黃春明。看海的日子／皇冠
黃春明。鑼／皇冠
謝春德・攝影。作家之旅／爾雅
簡媜。月娘照眠床／洪範
簡媜。天涯海角／聯合文學
零雨。木冬詠歌集／唐山出版
邱坤良。南方澳大戲院興亡史／新新聞

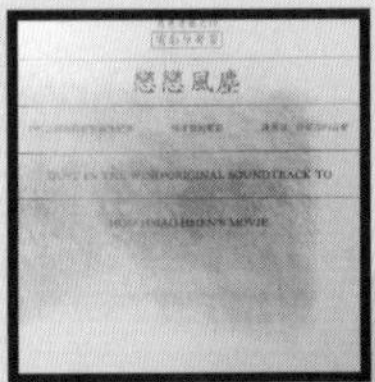

和宜蘭有關的音樂

陳明章。蘇澳來ㄟ尾班車／魔岩唱片
陳明章、許景淳。戀戀風塵／水晶唱片

美味的店

＊吉珍香：
宜蘭縣冬山鄉冬山路279號
03-9594849

＊南瓜園：
宜蘭縣冬山鄉珍珠五路107號
0921901925

＊振地餅舖：
宜蘭市中山路230號
03-9332754

其他

＊宜蘭旅遊中心：
宜蘭縣礁溪鄉公園路16號　03-9872403

＊礁溪華閣飯店：
宜蘭縣礁溪鄉公園路25號　03-9882016

＊宜蘭旅遊網：
http://www.ilan-tour.com.tw/

利澤簡橋

Suao

繁華夢都，咖啡迷香

選一個下雨或者不下雨的午後，
來一杯ESPRESSO或LATTE，

攝影／Autumn Chen
E&S

佐以兩百七十度的台北窗景，
靜靜想人生，
一杯咖啡將盡，
咖啡館裡或許也上演了一部短短的即興劇。

3

「我花大部份時間在找一家合適的咖啡館，深深迷信任何一家風格強烈詭異的咖啡館會篡奪並就此決定該篇或該書的風格……」這話，是朱天心在〈威尼斯之死〉這篇小說中說的。

幾年前，當張耀推出一系列關於歐陸咖啡館攝影文集的同時，台北大城也正悄悄邁入一個咖啡館時代。因此，朋友或情人之間，公務或社交之間，總會聽見一句：「下次一起喝咖啡吧。」關於這個邀請，重點不見得是一杯頂香頂濃的咖啡，可能是，一段美好的午後時光；可能是，一段久別重逢的相聚；可能是，一筆生意、一次訪問、一場傷心……，可能是，一個故事。

於是，朱天心嘗試在小說中似真若假地自曝創作軌跡，將她曾收錄於舊小說集中〈佛滅〉及〈我的朋友阿里薩〉等篇的寫作過程，以相當後設的筆法，揭示讀者：原來，現世生活中的場景，對於一個敏感的創作者，有著多麼深厚

STARBUCKS COFFEE

這裡是美式風情的展現

的影響。

因此，儘管隱地在《愛喝咖啡的人》一書中，絮絮叨念起老台北的咖啡館記憶，那一間間已不復存在的田園、月光、天使、維也納等老咖啡屋，時光的河流終究是不留情地往遠方流去。在國際化漸深的台北城，爲數頗多且相當有系統有計劃的各派咖啡館，正如同不被看見的蕈，在雨後的城市裡一一開張。

如「珈啡館」和「丹堤」等走的是日系路線；鵠候觀察了十年才正式登臺的「STARBUCKS COFFEE」是精緻美國風的絕佳代表；此外，還有各式各樣的義式咖啡（如POST COFFEE）及大隱於市，走文學風（如誠品書店）、田園風（如山家小舖）、歐洲風（如玫瑰園）、自然本格（如小熊森林）、音樂取勝（如波西米亞人）

另一種喝茶的滋味

新興的咖啡連鎖店，是時代的改變

等不同風味的個性咖啡店，林林總總地駐立在城市的不同角落。

當「咖啡館」不知不覺變成了城市人們生活中不可或缺的重要場景時，文化與文學也隨之悄悄地孕生。因而，紀大偉的《戀物癖》小說集裡，不忘記藉機辯論一下〈咖啡與煙〉。文中相當俏皮地引用了某一位維也納哲人的話：「如果我不在咖啡館，就在往咖啡館的路上。」然而，飽富挑釁愉悅感的小說家怎會滿足這樣的援引呢，於是他提出了自己的觀點：「如果我人在咖啡館，就在盤算如何離開。」

小說裡借用一對已分手戀人的對話帶出這個城市的弔詭情意與喧囂生活。記憶與愛戀的延伸攀生其上，讀者可以看見，

Coffee

辯論的過程裡，一個現代都市的素描本：言語、流行文化、青春、集體傾向……都靜靜地誕生了，咖啡館如同城市的縮影，人們想要小心翼翼走進，卻又總是，在靠近後興起遠行之思，因爲這個繁華的如夢之都，一再一再地孵化著孿生的愛與愁。當咖啡喝盡，忽忽往事如煙，所有人都像蒲島太郎那樣心驚地老了。

更有甚者，大塊文化出版的《在台北生存的一百個理由》，馬世芳直接以行家品味敘述城裡何處能「尋找一杯讓你落淚的ESPRESSO」；或者，在文人雅士慣去的那間充斥著濃濃後現代裝潢的「2.31」裡，認眞思考「十年後，你要坐哪一桌？」倘若，時間的流轉，只是提供有夢的少年們一個大風吹和「換人坐坐看」的遊戲。看似輕描淡寫，其中，卻是包含了多少的無奈與慨嘆。

這樣一種年輕的省思，可說在前些年朱少麟初試啼聲的長篇小說《傷心咖啡店之歌》裡得到極完整的發揮。

傷心咖啡店的現實身份。
「吟陸」的老闆陸弈靜同時也是
蔡明亮電影裡的常客

許多人愛誠品，愛誠品的品味

就地理位置來看，台北幾乎很難找到一條大街是沒有咖啡館的。火力集中的像是東區明曜百貨後的一大片區域，被香港人稱爲「台北的SOHO」。而開設分店速度甚快的STARBUCKS COFFEE，甚至在2000年年底舉辦搭乘捷運尋咖啡館的集印活動，可見其分布之廣。反之，朱少麟卻選擇了這個盆地的邊陲地帶——新店，作爲故事場景。據作者本人透露，小說裡的那間「傷心咖啡店」便是以位於捷運景美站附近的「吟陸咖啡店」爲藍圖，寫就之後，竟成爲衆人競爭傳閱的文本。不同的是，眞實人生裡的咖啡店是一間再平凡不過的小舖（文學的魅力與魔術由此可知），小說裡，卻養出了一群不凡的人，這些人生活在台北，被這城市的一切所支配，也因爲這城市的資源而反映殊異的思考。許多讀者，爲故事主角海安所代表的不群而吸引、爲吉兒的自主而折服、爲小葉的癡情而心疼、爲素園的襯色而溫柔，然而更多的人，卻像主角馬蒂，不斷不斷問著自己：要一個怎樣的人生呢？

天母巷弄裡的美味，
走累了可以歇息

Coffee

正如《傷心咖啡店之歌》裡所呈現的都市即景，人們在忙碌中早已習慣錙銖必較、忘卻思考，馬蒂決絕地自生活中出走，簡單而徹底地流浪，想必觸動了許多人心底那根不勇敢的絃，那才是眞正傷心的理由吧。

然而，咖啡館終究不是家，它只是這個城市裡的旅人們一個小小的歇腳處。

夜闌之後，各自解散，洗淨咖啡杯，彷彿又是一回素靚的人生。傳言知名導演布紐爾從二十七歲開始就成天泡咖啡店，到八十二歲去世時，喝咖啡仍是最令他快樂的事。如果生命裡可以對一件事如此執著與相信，應該也算得上是幸福了。

或許，台北不是巴黎，我們無須複製一座灰濛濛的左岸，但是，每個品嚐咖啡與文學的人，都可以是一個哲學家，在下雨或不下雨的窗口，讀見別人，讀見自己。

吟陸商號

about... 順道淡水。

沿著昔日的海線鐵道，今日的捷運鐵軌，淡水的名字寫在許多人的心裡，寫在記憶的水面，像永遠不會褪去的潮聲，日日夜夜，呼喚著台北。

或許，是像蔡素芬的《橄欖樹》末章所言：「新的軌道使城市的上半部顯影。」

當捷運從民權西路站駛向圓山站的途中，視野忽然自地底竄出、騰高，彷彿飛行在台北半空，可以俯瞰兩岸人家的市井生活；也像是不小心闖入時光隧道，車門開關，一跨步，就踏進一去不回的從前。

淡水河，爲台北盆地劈開一個缺口，流過小鎮。小鎮上，沿著捷運站旁逛開，右方上山可抵淡江大學，正是故事中最重要的場景；直向前行便是有名的淡水老街，阿婆魚丸，阿給，酸梅

淡水老街，阿婆鐵蛋

淡江大學的宮燈道

湯，蝦捲，還有幾間閒置的咖啡館，一列長長的串燒店、海產屋。《橄欖樹》書裡緬懷一個老去的民歌時代，只是時代前進，走向更遠，更現代化的風景。從前所記載的純情歲月，斑駁依稀，被浪沖走，不復可見。

而對岸的八里是蔣勳的。

遊客在渡口搭小艇前往八里吃孔雀蛤，或者，在觀音山下覓一份浮世的清心。蔣勳《寫給Ly´s M 1999》裡，用多情嫵媚的筆意，寫水上警察黃昏巡曳，上樓來一茶對坐，寫無邊江山與夕陽斜照裡對塵世深深的疼惜，爲山水兼具的八里更添一筆人文色彩。

about... 時光舊址。

位在民生西路上的「波麗路」餐廳，於一九三四年時開始營業，或許可以稱作是台北咖啡館文化的先聲吧。如今當人們自雙連捷運站走出，漫步在昔日繁華的大稻埕，漸漸走進今日的衰敗舊觀，眞的有點難以想

台北市現存最老的西餐廳：波麗路

像，眼前其貌不揚、新舊各一的「波麗路」，從前不僅是台北的文化沙龍，更是鄧麗君、楊麗花、王永慶、黃信介等各界名人最喜愛的貴族餐廳。

「波麗路」以管絃樂曲爲名，也早在六十多年前，就擁有一架七十八轉的自動電唱機，爲當時台灣最好的音響設備。而畫家謝里法更在《台灣美術運動史》一書中提到：「論及我們的台灣的美術運動，也就無法不提及波麗路餐廳和廖老闆來。」因爲喜愛奇石與文藝的老闆廖水來，在牆上掛著空白畫布供畫家即興揮

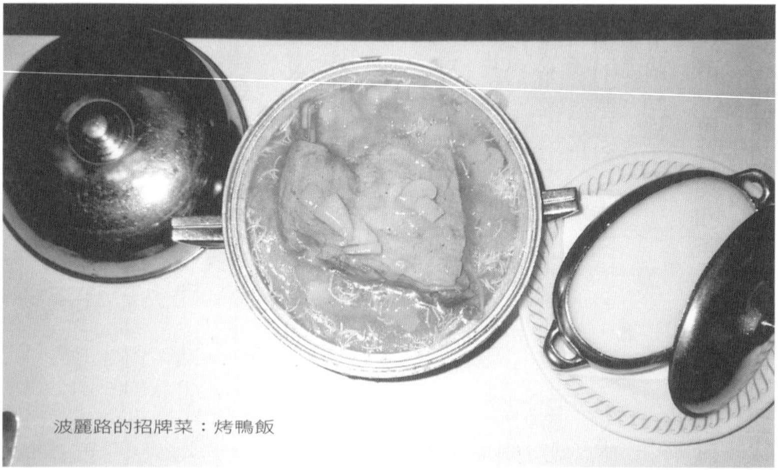

波麗路的招牌菜：烤鴨飯

灑。楊三郎和作曲家呂泉生都是座上之客。而天花板及牆壁的「天上雲彩」也是相當特別的風格設計。

此外，詩人周夢蝶亦曾在位於武昌街一段的明星咖啡館前擺攤鬻書維生，長達二十一年，堪稱台北經典文學風景。而在陳若曦記憶中「柳綠嫣紅的年代」裡，三樓的咖啡屋，簡直是《文學季刊》的編輯室。陳映眞、七等生等等，都經歷過那樣一個懷舊年代。如今物換星移，咖啡館已關閉，一樓的西點麵包店仍留著一點點時光的餘味。所幸好記性的陳若曦仍記得：「那時黃春明剛從鄉下進城，窮得響叮噹，一杯十五元的咖啡從早泡到晚，而膾炙人口的短篇小說《鑼》和《兒子的大玩偶》都在這兒完稿。老闆愛才，一直優待黃春明，後來室內裝潢，還把舊桌椅送給他。」

經過烘焙後的回想，彷彿也多了一縷淡淡咖啡香。有時，眞的很感激歲月舊址上的那些美好的人，是這些人的善

明星咖啡屋的樓下，明星西點麵包

波麗路餐廳內部以及流雲壁飾

意諄諄，我們才能在後來的後來，啜得一口往事的溫柔。

about... 旅行耳朵。

漫遊台北咖啡館，最MATCH的搭配，應該是煙霧迷漫的爵士樂。

CHET BAKER的迷人嗓音，不僅適合美國東岸與他的傳奇人生，在繁華如斯的台北，又何嘗不是一帖相當合適的心靈敷藥呢？

因此，選一個下雨或者不下雨的午後，來一杯ESPRESSO或LATTE，佐以兩百七十度的台北窗景，靜靜想人生。CHET BAKER輕輕吟唱著「BUT NOT FOR ME」，這世上或許有無盡的美好，但不是爲我而來——這或許就是朱少麟筆下

Coffee

那些質問著生命本質與生活目的的人們，最永恆而爲難的自問自答吧。

然而沒有關係，拋開所有的陰霾天氣，換一間陽光咖啡館，渾厚低沉的LOUIS ARMSTRONG正溫暖而釋然地告訴世人「WHAT A WONDERFUL WORLD」；又或者，某個綠意的街角，被村上春樹多次偷渡的STAN GETZ的BOSSA NOVA風，輕盈美麗如翻飛的夏日序曲。

一杯咖啡將盡，咖啡館裡或許也上演了一部短短的即興劇。喝咖啡的人，正打算揚起眉毛宣稱自己夠堅強，不被寂寞影響，BILLIE HOLIDAY卻溫柔地唱起那首「COMES LOVE」——愛情來了，愛情走了，再相逢時都已有些不同。不禁想問：紀大偉筆下盤算著如何自咖啡館離開的人，是以JOHNNY HARTMAN的「UNFORGETTABLE」心態，或者竟是CLEO LAINE的「SEND IN THE CLOWNS」？

Coffee

咖啡迷香
趁熱飲用。

相關書籍如下，有讀有保庇

傷心咖啡店之歌。朱少麟／九歌
戀物癖。紀大偉／時報
想我眷村的兄弟們。朱天心／麥田
愛喝咖啡的人。隱地／爾雅
在台北生存的一百個理由。馬世芳等／大塊文化
橄欖樹。蔡素芬／聯經
寫給Ly`s M 1999。蔣勳／聯合文學

記憶的左岸，文學咖啡館

＊波麗路（舊館）：
02-2555-0521
台北市民生西路314號
＊明星：
02-2331-7370
台北市武昌街一段七號

很咖啡的音樂，很爵士的記憶

CHET BAKER／THE BEST OF CHEY BAKER SINGS／CAPITOL
LOUIS ARMSTRONG／ALL.TIME.GREATEST.HITS／MCA
STAN GETZ／BOSSA NOVA／VERVE
BILLIE HOLIDAY／BILLIE`S BEST／VERVE
JOHNNY HARTMAN／UNFORGETTABLE／MCA
CLEO LAINE／SEND IN THE CLOWNS／BMG

Coffee

夢遊盆地，台北男女

攝影／E&S

聆聽台北，

總想要敲碎表層的膜，

聽一聽內裡的情欲，

台北的男男女女，

有沒有一種不空虛的玩法？

造型穎特的二二八紀念塔

4

你去過新公園嗎？什麼時候？你曾經趕上白先勇《孽子》裡頭說的那個年代嗎？那個時候，它還沒被更名爲「二二八紀念公園」，有一群青春鳥，只有黑夜沒有白天地經營著他們的王國。根據前朝遺老的敘述：「據說若干年前，公園裡那頃蓮花池內，曾經栽滿了紅睡蓮。……可是後來不知為了什麼，市政府派人來，把一池紅蓮拔得精光，在池中央起了一座八角形的亭閣，使我們這片原來十分原始樸素的國土，憑空增添了許多矯飾的古色古

新公園，孽子集散地，同時也誕生許多故事

香。」這便是我們目前殘留的風景了。更別說後來興蓋了「造型奇特」的二二八紀念塔，今日的新公園，如果讓主角李青、小玉、吳敏等人舊地重遊，大概會深深嘆息吧。

然而，以新公園爲起點，向西方沿伸出去的一大片，不僅是台北早期發展要地，更是青春重鎭：西門町。曾經，西門町是熱鬧與繁華的象徵，在一段時期的消音之後，因爲西門誠品的設立、街道的整體改造，以及諸多商場的紛紛新生，竟重又脫胎換骨，與哪吒一般精神。

孽子也好，逆女也罷，滿街光鮮亮眼的年輕小獸，街上橫行。吃東西，有奇怪年紀很大的美觀園和FRIDAY'S是鄰居，有南美咖啡有楊桃冰有大腸麵線還有一條龍餃子館；看電影，超過十間的戲院任君選擇；要健身，要血拼，要刺青，要瞎逛，幾條永遠也搞不清楚方向所串起來的區域就是一個自給自足的世界。

至於相隔四、五個捷運站之遙的公館，

入夜之後，他們便得到夜色的掩護

入夜不眠的西門町

則是《鱷魚手記》的範圍了。因爲鄰近台大和師大，公館發展成一個特殊的大學城，人文氣質別具。只是，故事裡發生的年代，捷運尚未通車。因此，屬於書寫者的密碼是：「水伶。溫州街。法式麵包店門口的白長椅。74路公車。」當拉子與水伶的故事剛剛開始在新生南路旁的學校裡上演，那時她們都好年輕，公館是新的公館，可以擴

這就是拉子陪水伶走過的溫州街嗎？

Taipei

張，也可以迴避成自己的小天地。只是，拉子總在每一段感情的出發裡閃躲、恐懼，雖然很愛，還是要離開，一種說不清、理不明的情懷。

因此，漫走在溫州街的巷弄中，望著那些看起來家庭美滿的圍牆，總想看看，有沒有一個正在逃離的拉子，像「四百擊」片尾那個小男生的臉，掛在牆上？或者，她會突然卡通地變形成鱷魚，然後哈哈哈地丟出一個木盆，坐在木盆裡划向茫茫人海，並對沿街的我們大喊：「我無話可說……祝你們幸福快樂！」

幸福快樂的不只有鱷魚，還有《一隻男人》的王盛弘，他以散文型式，揭露男同志情愛祕語，甜蜜的畫面在台北城的許多街角巷弄裡上演，或者，讓我們把鏡頭調到永康街。一條安靜美麗有人間煙火味的小街，巷子口就站著赫赫有名的「鼎泰豐」。往內走去，許多小店逕自開著，像嫻雅的花朵。而書裡的他，與一名善於烹

一隻男人走過永康街，想念另一隻男人，記憶，使愛情成雙

永康街口的美食店，鼎泰豐

餁的男子，便怡然地在永康街的小公寓裡，用〈鍋鏟寫情詩〉。那是多麼飽足的片刻啊，愛情倘若一如宴席，可否永不曲終人散？只可惜，時光變奏，走到了片尾曲，杯盤狼藉。但永康街卻從此成爲王盛弘的私人鄉愁。

那些美好而又不復返的，是否都成爲了鄉愁？

有一種鄉愁，卻是尷尬了些。

像吳繼文在半自傳體長篇小說《天河撩亂》裡所書寫的，主角時澄自小被帶去了日本東京，直到十八歲，才臨時起意要返台。一方面，是青春的衝撞；一方面或許也想回家鄉一看。不料回家後感覺甚怪，獨自北上補習、重考，本來住新生南路清眞寺對面平房，後來考上東吳大學，搬進了外雙溪小徑上的學生宿舍。車過士林，一定能感到空氣一變，山的綠度也更濃了，然後，溯外雙溪而上，穿過校舍，穿過故事裡「上將」練琴的琴房，再往下

外雙溪故宮

圓山的兒童樂園

走，便很接近故事裡的設定現場了。在那依山傍水的歲月，時澄和「上將」度過也過渡了一段曖昧時光。

山水亦惘然。

不知道是不是同一個時代呢？也許還要早個幾年，然後，時澄便會不小心遇見去圓山育樂中心找樂子的一群人，他們是林懷民筆下的：莊士桓、陶之青、吳哲……。那是青春的蟬聲，輕輕響在城市裡，他們去泡明星咖啡、逛西門町、吃諾曼弟牛排，消費時間也消費靈魂。林懷民把年輕的倉皇寫得好急促，故事裡的人說話都不特別慢，好像有時間就應該這樣玩。

該怎麼玩呢？台北的男男女女，有沒有一種不空虛的玩法？

about... 戀戀溫泉。

《荒人手記》中，主角去找好友高鸚鵡，在他的個人工作室裡，見識到個人SPA的奇觀：高鸚鵡的器具一應俱全，瓶瓶罐罐的海泥面膜、礦物鹽、精油磨沙露、死海泥、死海水。死海，埃及女王跟希巴女王美容養顏

湯女湯，各有天堂

的游泳池。這種繭居族的沐浴流行與美體保養，不僅在某些同志間被重視，現在更是越來越多人都嚮往的「愛自己」的方式。

除了這些人工保養之外，台北還有一項得天獨厚之處，便是擁有好幾處的溫泉。王盛弘在〈遺落在溫泉鄉的〉裡，便提到：「偶爾圈內朋友提起要去洗溫泉或洗了溫泉，言談曖昧，每每爆出淫淫的笑，好像目的並非溫泉，而專務在與陌生男體的體液交換。」作者寫得很誠實，的確，在煙霧氤氳之中，昏黃的燈光照向龐大的蕨類，眞眞有一種酒池肉林之感。但，也並非全然如此。就像，他寫道與自己心愛的人共浴：「我們為對方搓背、洗髮、按摩。我們接吻，我們探索彼此，以最饑最渴的方式，啃噬、嚙咬，溫柔時如花瓣，狂放時如野獸。」這樣的情欲又是多

北投的地熱谷

麼眞誠可愛。

就像，倘若搭上往北投的捷運，在造型獨特的北投捷運站換搭新北投線，整節車廂，好像都飄送著淡淡的硫黃味，那味道使人想起溫泉鄉的風光，燈火，笑遶的人語，以及一場意外施放的煙花之類的。

假使是夜間上路，從陽明山上陽金公路往金山，樹影如魅，夜色幢幢，薄霧飄來，眞有幾分鬼氣。但到了馬槽橋後數公里，就可抵達「馬槽花藝村」。也有很多人選擇來這個規模較大的溫泉點洗身禦寒。路過竹子湖一段，兼可看台北夜景，萬家燈火。

about... 美味下車。

簡媜用一篇精彩幽默的散文：〈發燒夜〉爲諸多滋生在台北城裡的夜市畫了輪廓，聲音是熱鬧的，顏色是豐富的，地圖是親切的，觀察是細膩的，每次去夜市，都教

溫泉博物館

一種經過

人更能心甘情願地感受那摩肩擦踵的密度。

尤其是最後殺價買懸崖榆的那段，看了眞令人動情：「所有砍殺伎倆只在硬碰硬時下得了手，凡實心人、木訥寡言或賺外快的學生，別說不忍殺價，照顧生意兼兩三句替他敲邊鼓招買主。」這便是人世的溫度了。然後她又說：「總歸是紅塵中的兵卒，雖然買賣是殺戮戰，但關刀只往大數目砍，留點小體貼也不枉夜

逛夜市，也逛人生

Taipei

一種背影

市相逢一場。」這番話，心服口服。

所以，來到了台北，怎能不逛逛夜市呢？不論是公館、士林、萬華、四平街、通化街、沅陵街、饒河街……，處處有夜市，台北又是一個不夜城，正好作息相當。倘若貪求捷運方便，那便來士林夜市吧。在劍潭站下車，整片幅射出去都是它的腹地。不管是魯味、青蛙下蛋、大餅包小餅、上海水煎包、燒烤、蚵仔煎、火鍋、鐵板燒……應有盡有。還有衣服、小飾品、唱片行、冷飲店、KTV，與簡媜文章裡不同的是，關於政治的敏感有趣氛圍已搬到電視新聞去演續集了，現在的夜市，吃喝玩樂，反正大家就是愛逛。

這就對囉，與鄉野的傳統夜市還有兼賣膏藥脫衣秀很不同的，都會台北裡的夜市，雖也有「跳樓大拍賣」、「老闆跑路」等不同的苦肉計求售詭招，它大抵來說還維持在一種奇異的文明範圍裡，甚至可能是「文化」的問題，不然，你問問夜市裡

那麼多香港人爲什麼要來逛？——他們的廟街實在遜色多了。

嘿嘿，原來，夜市是「台灣之光」。

about... 旅行耳朵。

聆聽台北，總想要敲碎表層的膜，聽一聽內裡的情欲。

那麼，黃耀明應該是一個很不錯的選擇。聽他用質地特殊的水晶嗓音唱著：「這個世界實在光明／怎能接受我和你／為何我們越是開心／世界越是不放心……」幾句淺白口語的歌詞，就甜美無瑕地控訴了世人：「總而言之不可以／不管有沒有意義／大家一起來／做一場給世界看的戲」。扮演，於是成了同志的老把戲。

甚至，他也用一種很六○年代的情調，

Taipei

華納威秀：城市裡的新興地，夢遊男女的新租界

吟唱女同志情事：「忘記他是她／只記起風裡淌漾／玫瑰花開的髮香／只記起街裡闖盪／迎我歸家溫馨眼光。」淡淡的表白裡，輕輕地抹去了性別。或者，歌名暗指東京新宿男同志聖地的「再見二丁目」：「滿街腳步／突然靜了／滿天柏樹／突然沒有動搖／這一刹，我只需要一罐熱茶吧／那味道似是什麼，都不緊要。」失戀男子走過街頭的幡然一悟，濃縮成歌裡的風景。

另一首王菲與黃耀明都唱過的「暗湧」，更直抵眾人心裡最痛的一處：「害怕悲劇重演／我的命中命中／越美麗的東西我越不可碰／歷史在重演／這麼繁囂城中／沒理由相戀／可以沒有暗湧／其實我再去愛惜你又有何用／難道這次我抱緊你未必落空？」眞眞唱盡了人間男女，愛不能得，得到復怕失去的苦痛。這苦痛，超越了性傾向與性別，是一門戀愛學。

Taipei

翻閱台北 性別書寫。

東吳大學裡的石階，或許吳繼文筆下的時澄也走過？

相關文本

郭強生。非關男女／皇冠
郭強生。情人上菜／皇冠
郭強生。希望你可以這樣愛我／元尊文化
朱天心。想我眷村的兄弟們／麥田
王盛弘。一隻男人／爾雅
張曼娟。我的男人是爬蟲類／皇冠
杜修蘭。逆女／皇冠
邱妙津。鱷魚手記
朱天文。荒人手記
朱天心。擊壤歌／聯合文學
平路。凝脂溫泉／聯合文學
許陽明。女巫之湯／新新聞
韓良露。美味之戀——人在台北，玩味天下／方智
韓良憶。韓良憶台北美食淘／紅色
簡媜。夢遊書／洪範
簡媜。胭脂盆地／洪範
郝譽翔。洗／聯合文學
白先勇。孽子／遠景
白先勇。寂寞的十七歲／遠景

夜市

＊士林夜市：
捷運劍潭站下車直走即是。
＊景美夜市：
捷運景美站2號出口。

台北捷運

音樂

黃耀明。明明不是天使／滾石唱片
黃耀明。下世紀再嬉戲／正東唱片
王菲。玩具／正東唱片

Taipei

千江有水，鹽田有情

攝影／陳暉翔

鹽田有情，

溫潤如玉，

就算滄海桑田，

也無法抹去，

癡心兒女用青春刻劃過的曾經。

5

梅爾維爾曾說：「在某種意義下，幾乎所有的文學都是旅行指南。」

對於南臺灣西南海岸的十七號濱海公路而言，即是如此。這條貼海而行的美麗公路，一一串連起布袋、北門、七股等漁港，剛好就是蕭麗紅筆下的《千江有水千江月》、《桂花巷》及蔡素芬《鹽田兒女》等作品的實際場景。從文學作品中想像故事裡

一向晴朗的南台灣也積了雪

的雲影天光，與實至彼地印證每一章情節中的濃濃情感，恰恰呼應了梅爾維爾的話。

而秋天的布袋漁港，因爲正在整治的緣故，濛著一層薄薄的灰。繞過一畝畝的池塘與午後閒散的釣客，漁市正要熱鬧開張。遠遠望去，秋陽高照，雲朵垂掛，就像一張再平凡不過的漁村剪影。但是蕭麗紅的小說素描使得這個悠緩的小鎮生出不同的質感。位於嘉義邊陲的布袋與臺南縣僅一溪之隔，因此，這個描述古老鄉土人情與傳統愛情的長篇小說，便也是繞著嘉南平原衍生成篇。

布袋港，竟有著異國的風情

小說中提到的虎尾寮，今已改名好美里，有著「虎尾漁燈」的美景。乃因爲當地漁塭頗多，逢中秋節慶時，舉家划舟賞月，賞得天上水上都是月，遙遙呼應了小說的篇名。雖然，作者在作品裡給讀者一個老臺灣的追想經驗，但現今的布袋漁港仍往

布袋港

現代化的路上前進，黃昏夕落時，光線打落在停泊港口的船隻上，彷佛竟有了一點越南水湄的異國情調。這或許是作者始料未及的吧。

車過八掌溪，來到北門嶼，同樣是蕭麗紅筆下的《桂花巷》，寫清光緒年間一個名叫剔紅的女子，一生所經歷的愛恨情仇。只是，走在帶著沒落感的北門街巷中，很努力地想要找一點往日的風華舊跡，再

Tainan

怎麼看，也只有一縷縷，歲月褪去的斑駁。窄隘的小路裡，幾隻昏睡終日的狗，遊盪的少年，無事可做的老人。

賣鮮蚵的攤子就在北門舊鹽場遺址前叫賣開來。來不及出現在小說文本裡的烏腳病防治中心，曾是這裡多少人心頭之痛的風土病。

眞正很癡心地請教一個當地的老婦人，聽過「桂花巷」嗎？

她回報以一臉茫然。其實，作者早在書中後記直言，這一個美麗與蒼涼兼具的故事，爲的是紀念已逝的「聲氣悲壯、血色鮮明的時代」。只有執著不懼的讀者，才願意如此一路相隨，到故事的源頭探一探昔日的感動。

白露過後的北門，已經開始一年一度的秋風練習。身兼國小老師，同時也是民俗文化專家的黃文博，深情不移將《尋找北門嶼》整理成冊，日頭豔豔的北門街坊中卻仍不能掩飾地透露出一股淡淡的慵懶。在那慵懶

養蚵人家的生活剪影其實就是小說家筆下的素描

黃昏日落，滿載蚵的小船

中，讀不出曾經的熱鬧繁華，讀不出藏匿在巷弄中的往事，只有午後陽光曬過的暑熱，百無聊賴地隨著時光蒸發。

廣義來說，地理上所稱的「北門區」地轄佳里、學甲、西港、七股、將軍、北門等六鄉鎮。此六處因位於鹽份頗重的區域，又稱「鹽份地帶」。

在台灣現代文學的里程上有一方不可忽視的路標，即是「鹽份地帶文學」。

最早最早，在民國二十一年時，以吳新榮、郭水潭爲首等十五人組成了一個「佳里青風會」，其文章間流露一份澀、鹹、苦等滋味，因而各地文人與之交遊時都稱他們爲「鹽份地帶派」文人。

鹽融與雪融，異曲同工

剝空的蚵殼，像一個沒了靈魂的老故事

到了民國六十九年，更在黃逕連、羊子喬等第二代文人的發起下，舉辦「南瀛文藝營」，後來更名為「鹽份地帶文藝營」，綿延至今。在每年八月下旬，一個反功利主義、反殖民主義的文學聲音，便在海風的吹拂中，靜靜蔓延開來。

再向南行，沿途經過波光瀲灩的鹽田，進入七股。

蔡素芬長篇小說《鹽田兒女》以相當大的氣魄，寫一對時代兒女身不由己、被命運撥弄的故事，篇幅間更是不著痕跡地將七股這個靠海的村落之興衰演變，做了一回身世講解。

現在的七股，在初秋的風中，排排站著一些老房子，露出灰樸的外觀。然而幾十年前，這裡連自來水都欠缺，書中的人物如同此處所有的居民一般，必須千辛萬苦到村外挑淡水來用。那

在七股鹽田之前，一塊雪白色的大石頭寫著：「鹽田曬玉」

時，村中自成一體，曬鹽、養蚵、捕魚，好像把日子過下去就是第一要務。如今，村子也成爲衆多漁村的刻板模樣，青壯年外流，曬鹽已經是一項接近於觀光般的事業了。

因而，沿著濱海公路走，可以看見清楚無誤的「七股鹽山」指標，將四面八方而來的遊客，帶到一方殊異的風景之中。遊客們驚訝地看見，鹽山高高地堆攏而起，說是南方的長白山，皎潔似雪，搭配著遼闊的地平線，與鹽份地帶獨有的鄉村景致，幾乎要有一點不眞實感。更遠處，井然有序的鹽田在陽光下漾著波紋，不相干的風來嬉鬧。

阡陌前有一方大石頭，寫著：「鹽田曬玉」。

是啊，這一塊又一塊無盡的鹽田，曾是此處人們最珍貴如玉石般的寶貝，但在時代變遷中，隱隱有了不同。後來的鹽田公會乃至現在的臺鹽，都將這片土地的歷史翻到新的一頁。

但是，千江有水，日夜奔流，儘管書中的美好年代已遠，我們仍能讀出自己的感動；鹽田有情，溫潤如玉，就算滄海桑田，也無法抹去癡心兒女用青春刻劃過的曾經。

about...

順道府城。

在十七號濱海公路的支流上，亦會經過百年府城：台南。想起台南，有人憶及古蹟，有人懷想歷史，但更爲人們津津樂道的，其實是府城的傳統小吃。「千江有水千江月」中曾提到台南有一種特大號的肉粽，無所不包。事實上，除了粽子，諸如棺材板、鱔魚意麵、渡小月擔仔麵、虱目魚粥等道地小吃都是台南的飲食風景。在台南市西門路四段小北市場一帶，多年前經市政府規劃後，緊臨東帝士百貨旁闢出一塊攤販城，將所有美味的小吃冶爲一爐。遊客們可以一口氣吃遍大江南北的好滋味，近百攤的各色食物一字排開，店家熱情地吆喝著，遊客深怕錯過好吃的料理，店家深怕錯過遠來的食客。

布袋附近的濱海公路，天高雲闊

入夜之後，更可以在攤販城後面看見燈火通明的熱鬧夜市，賣膏藥的攤子義不容辭地爲南方庶民文化做註腳。

渡小月擔仔麵原爲台南的先民，爲了咬牙撐渡景氣不好的階段，特別開發的民生應急品，沒想到當危機度過之後，那濃馥的肉燥香卻使人難忘，因此在中正路上尚有老店，一爿小小店面點著昏黃小燈，像跨過時光回到古早年代。

此外，賴香吟短篇小說〈路過〉中所提到的安平，不僅以安平古堡、億載金城等古蹟名聞遐邇，沿著老街走，招牌林立的蝦餅和蝦捲，令人眼花撩亂。其中又以「周氏蝦捲」屹立三十年最有口皆碑。據該店店員表示：周式蝦捲原只是安平地區觀音亭旁的一個小小攤子，但因其蝦捲太受歡迎，不僅在安平連開兩家店，在台南市中心、高雄市都另有分店。由此觀之，即使是一個小吃食舖，在生活中上演的如戲人生，或許是另一款更動人的文學。

about... 候鳥渡口。

十七號濱海公路除了可以抵達布袋、北門、七股等數處文學風景，在南下至三股處右轉往海的方向走，其實還可以直驅相當珍貴的黑面琵鷺保護區。每年的十月至翌年的四月，秋天到春天值班的日子裡，總會有幾百隻黑扁嘴的僅存美麗羽族，選擇在南台灣的曾文溪口降落，覓食，度冬。他們習慣沿著東經一百二十一度的經線飛行，自北方的韓國來到南方，一生之中，有大半都在異鄉。

在曾文溪口，慣常集聚著愛鳥協會的人士，架著設備齊全的望遠鏡捕捉遠道而來的嬌客身影。當賞鳥旺季眞正來臨之後，遼闊沙渚的對岸，還設置有一方簡單的黑面琵鷺介紹館，透過播放錄影帶和專人講解的方式，讓賞鳥的門外漢一窺鳥族生態的堂奧。此外，若肯虛心求教，專業賞鳥人們多半會熱心講解他們所熟知的飛鳥世界，甚至還慷慨地借出望遠鏡呢。而窄隘的小路旁，

曾文溪的出海口處，每年十月到翌年三月會有珍貴的黑面琵鷺出沒

府城台南裡的老古蹟：孔廟

店家們搭起小吃攤子，熱炒當地名產赤嘴（類似蛤的一種），也不失爲一種額外的趣味。

賞鳥淡季的時候，路旁的水塭並未閒置荒廢，養蚵人家總在黃昏時分划著小舟，摘取累累肥美的鮮蚵，成堆成疊地疊放在艇上，遠遠望去，烏黑黝亮如石頭般穩沉沉地，就像一串串待剝的動人故事。

about...
旅行耳朵。

到鹽份地帶旅行時，該帶著什麼樣的音樂上路呢？

或許，就來聽一聽陳淑樺唱的，有點爵士味道的「淑樺的台灣歌」吧。一首一首的「月夜愁」、「秋風夜雨」、「河邊春夢」，好像也把人們帶進了一個古老的歲月裡。歌聲悠悠，台灣的往昔又重現，搭配著故事裡的世故人情，冥冥中有一種遙遠的呼應。如果說，鄉土文學反映出曾經在此處活過的先民們，美好而艱辛的往昔，那麼，百年歌謠裡，該也就是記錄了更廣泛的

Tainan

十七號濱海公路旁的閩式客棧：
糠榔山莊

青春兒女想說而不能言的泛黃心事。

那似乎是一個擅長沉默的年代。

故事裡的男男女女都把愛放著，用長長的一生去咀嚼。偶爾迎風低聲歌唱的時候，就是心事出籠的時候。他們唱著：「希望純情結成好鴛鴦，無疑環境阻礙阮自由」——那不就是《鹽田兒女》裡大方和明月一輩子的命運？又或如：「所愛的伊，因何乎阮放抹離，夢中來相見，斷腸詩唱抹止」——這又實在太像，《千江有水千江月》裡，貞觀接到大信那封絕情書信的心情。

不同的是，如今，聆聽著老故事的我們是幸福的旁觀者，擁有愛情的自主權，明瞭有效溝通的必要性，然而，在時代飛躍的腳步中，卻還是無可迴避地走進了新的煩惱與悲哀。

或許，這就是不管什麼年代都需要歌聲撫慰的原因吧。

Tainan

鹹鹹海風
鹽田指南。

相關文本如下

蕭麗紅。千江有水千江月／聯經
蕭麗紅。桂花巷／蕭麗紅／聯經
蕭麗紅。白水湖春夢／聯經
蔡素芬。鹽田兒女／聯經
蔡素芬。橄欖樹／聯經
賴香吟。霧中風景／元尊文化
黃文博。尋找北門嶼／台江出版

音樂

陳淑樺。淑樺的台灣歌／滾石唱片

住宿選擇

名列國家二級古蹟的「南鯤身代天府」，為當地相當著名的大廟。傍廟而建的香客大樓「糠榔山莊」為道地閩式雙進四合院樓閣建築，是相當別緻的住宿選擇。

＊糠榔山莊：
台南縣北門鄉鯤江村976號
06-786-4711

鹽田美食

七股鹽田經臺鹽開發，除了有壯麗的鹽山，還有諸多附屬產品。
除了可以帶著泳衣到鹽池浸泡，臺鹽自製的飲料「藻精」及「蛋黃核桃」、「杏仁核桃」口味的鹹冰棒十分美味，不可不嚐。

＊周式蝦捲（總店）：
台南市安平路408號之一（運河旁）
06-280-1304

Tainan

南方之南，青春海岸

攝影／孫梓評

當滿載歡呼和嬉笑的車子行過高屏溪，

乍見南方莽莽蒼蒼的河上風光時，

南方之南，

已在路上。

n g

6

出發到墾丁，除了波光粼粼的海，除了蜿蜒濃綠的山路，除了一望無際的青空，所有的行程，有沒有可能是由詩的節奏所帶領？

起站當然不會就在「墾丁」，也不會只是「恆春半島」的管轄範圍，期待與雀躍的心情通常萌芽得更早，或許，當滿載歡呼和嬉笑的車子行過高屏溪，乍見南方莽莽蒼蒼的河上風光時，南方之南，已在路上。陽光溫度可能偏高，但保證明亮，偶一爲之的雨，是爲了成就余光中的詩句：

「雨落在屏東的香蕉田裡／甜甜的香蕉甜甜的雨／雨是一首濕濕的

南方的雲

Ken

南方海岸

牧歌／路是一把瘦瘦的牧笛」這是一首名叫〈車過枋寮〉的詩：「正說屏東是最甜的縣／屏東是方糖砌成的城／忽然一個右轉，最鹹最鹹／劈面撲過來／那海」在詩人簡白有力的文句轉折中，我們遇見第一座海。

窗外的風景有樹影和遠方的潮聲，心情有低音和高音，然後，就是青春海岸的靠近。年輕的時候，總是時時渴望著海，好像因爲那樣的無邊無際，可以寄託許多想像於其上。在余光中自選集《守夜人》中，更以〈墾丁十一首〉爲南方山水背書。他深情冷峻地描寫著大尖山、風翦樹、討海人、貝殼砂等道地意象，融合知性與感性，將風景入詩，又從詩裡開闢出獨家的風景。

知性與感性，就是墾丁海岸的美麗祕方吧。或許是觀賞貓鼻頭微雨的海，看關山華美的夕落，南灣比鄰核三廠晚上總有亮晶晶橙色小燈不寐，白天有人清涼地騎著水上摩托車；又或是探看墾丁國家公園的壯麗，巡繞鵝鑾鼻的乳白燈塔，吹龍磐公園一年四季都廣袤的風，佳樂水別具一格的岩岸地形；又或是回溯到恆春看老舊城門，看天然瓦斯在地表出火，一朵朵發燙地騰高……。難以盡數的風景正道出了此地的豐富。入夜之後，一小段亮著的墾丁路美得如異國街巷，濃郁的度假風情，滿街搖擺的啤酒吧台，瘋狂的情歌。沿街，小販兜售歡樂

海洋生物博物館內部

國立海洋生物博物館

時光，民宿與飯店林立，走著走著，像是走出了塵世苦悶，一種被模擬的亞熱帶天堂。

在知性的層面，當然也不會闕如。

無論是石灰岩奇景、壯觀的雨林、廣闊的牧場和草原、珍貴的海漂林、狂野的落山風、多樣的珊瑚礁生態、沙丘奇觀、海岬之美，都如一冊攤展在天地間的教材，走進其中，就可以看見大自然沉默無言的教導。

翻開恆春半島歲時記事，每一個月都有其特色：一月有黑皮旗魚，二月有雁鴨度冬、蓮葉桐結實，三月還有最後的風吹砂，四月有洋蔥和鮭魚，五月相思花密密地開了，兼可賞蝶和南十字星，六月棋盤腳怒放，七月家燕過境，八月有鸚哥魚，九月舉辦恆春歌謠比賽，十月眾多候鳥過境或度冬，十一月烏尾冬產期，十二月則是一年四季都有的港口茶。

如此繁複的陣容，在南方依季節遞嬗，輪番上場。

而位於龜山山麓臨海地區的國立海洋生物博物館，更將繼墾丁國家公園賞介山色之後，延伸觸角到海的禁域。其主要設施可分爲三個展示

余光中寫在牆上的詩

館：臺灣水域館、珊瑚王國館、世界水域館（預計九五年完工）。在臺灣水域館中，遊客們可以看見生動的河川生態模擬，寓教於樂。尤其令人驚喜地，在明媚的海洋生物博物館裡，臨近出口處，余光中遒勁的筆勢再度迎面而來，他題字於一片珊瑚色的牆上，〈推開玻璃門〉：「你知道山高不及海深嗎／你知道地廣不及海闊嗎／海藻的草原，水族的牧場／波下的風景無窮無盡／你想做人魚來窺探隱秘嗎／浪花的玻璃門一推就開了／向陸地請個假／下來吧，來海底——」還來不及驚呼與微笑，另一首〈比夢更神奇〉又撞進眼裡：「當恐龍在陸上都成了化石／雄偉的大翅鯨、抹香鯨／在亮藍的高速公路上／卻迎風噴灑壯麗的水柱／吞吐著潮汐，鼓噪著風波／滿肚

Pingtung

子沉船和銹錨的故事／海啊／比記憶更深，比夢更神奇」

是啊，我們幸福地嘆息著，在詩所帶領的節奏裡，所有南方的風景，都比夢更神奇。

about... 哈瑪星與旗津。

林裕翼收錄於《在山上演奏的星子》中的短篇小說〈哈瑪星渡船場〉，以高雄西子灣爲背景，聚焦在一個同性戀青年退伍後，面臨愛情和人生的雙重課題，帶出了一群青年的半雅痞生活，以對話摸索心靈。整篇的筆調是燥悶的，但是作爲故事重點場景的「哈瑪星渡船場」卻大有來頭。

所謂的「哈瑪星」其實是日語「Hamasen」的臺語音譯，也就是「濱線鐵路」的意思，位於高雄市西區，港濱鼓南山一帶。

回顧其歷史，要回到一九〇八年打狗港的興建。其時，日本人爲了運輸糖產及

李進文筆下的旗津

由旗津遠眺高雄市

其他物資，開發海埔新生地爲湊町、新濱町等市街，亦即今日之哈瑪星地區。

事實上，當車過高雄市五福四路底，轉進濱海區域，隨處可見「哈瑪星水岸風情」的招牌林立，走在鼓山渡輪站旁的老建築之間，不難想像當年曾發生過一場殖民地繁華。比方說，在二〇至五〇年代，哈瑪星地區就是高雄地區現代化和都市化的發源點，並且創下許多「高雄第一」

鼓山渡船站下船的人們

的先例。好比第一座車站、郵局、國小、市場、武道館都在此建立。

再轉一個彎，向中山大學所在的西子灣走，除了可以看見閃亮的夕陽，還有對岸的旗津。光影中，龐大的船艦正要離開，駛向遠方。

詩人李進文曾以〈沙汕之島〉描述一幅旗津的靜物畫，像是「閩南話一句句／縫補漁網，有人開始想家……這些／媽祖知道」。又或是：「馬鞍藤如軍隊一寸一寸占領沙灘／縱使潮汐亮出彎刀，阻擋！」這些詩句將旗津定格，充滿想像與古老的耳語。

但真正穿過海底隧道，抬頭看見野莽性格的沙洲，在荒涼風中，其實更近似於小說家潘弘輝筆下的故事。如〈夕照旗津〉寫一個年輕的死，簡單但純粹，將鄉土的情調融進筆墨之中；〈白鳥〉一篇則以更大的企圖帶出旗津的內在風景，那或許是一種真正南方的聲音，具現代感，但深藏一股不移的寒涼，是關乎愛情、生命、青春以及時

這裡就是哈瑪星

間。全文以兩款語言相互交織，描寫一群想在旗津海灘上做戲的年輕人，他們的生活中，無可遁逃的質疑與處境。

走進小說家虛構的世界，亦邂逅眞實的彼地，除了頗具規模的濱海公園和海洋館外，最令人印象深刻的，便是市場中堆積如山的醉魚、小卷、炸螃蟹、魷魚。

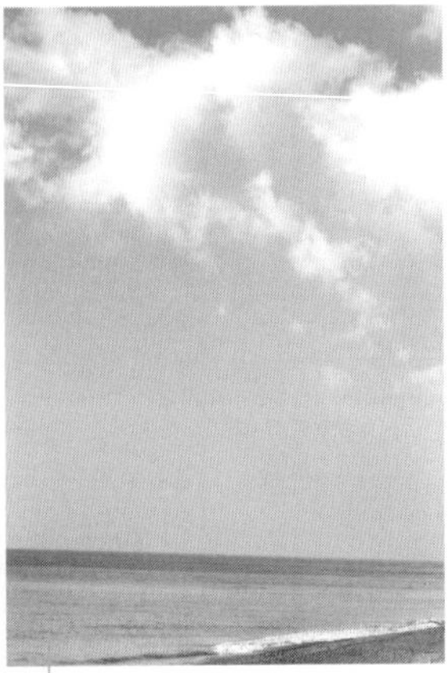

南方海岸

滿滿地彷彿太平盛世（或暗示這是被忽略的寶貴觀光資源？）。老街上滿布著海產店，美味且價廉，驅車行經，往左側的燈塔小丘，可以登上夜夜照亮港灣的燈塔。攀階而行，塔旁有一廢棄花園，穿徑而過，在幽明不定的藤蔓中，會抵達一方懸崖。由崖上遠眺，整個高雄港盡在腳下。崖的下方，是浮生，以及隨風嚷嚷的木麻黃。天就要黑了，太陽緩慢地沉入海中，遠遠的沙灘上，像是可以看見拜海的祭儀即將上演，那正是小說家所沙塑的旗津輪廓。

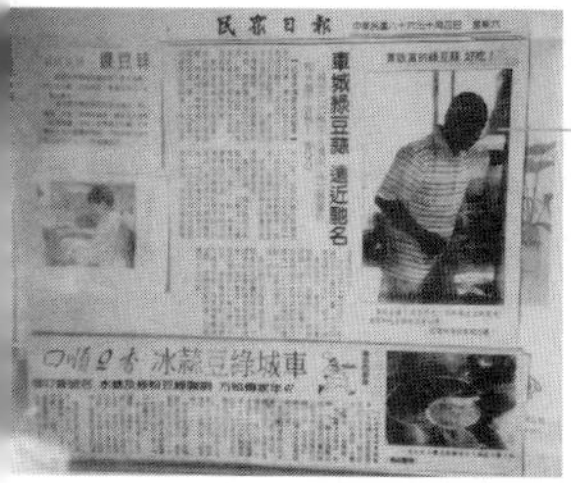

懸掛的美味證明

about... 公路美食。

往墾丁的路上，長長的濱海公路彷彿永遠沒有盡頭。車城國小附近卻藏著一款令人難忘的好滋味：綠豆蒜。車城綠豆蒜的擺攤隨處可見，但是老饕們趨之若鶩的，卻是全省最大的福德正神廟旁一條小巷子裡，由黃致富所經營，有四十五年以上歷史的小攤。一間看起來毫不起眼的小店，冷熱兼具地賣著綜合冰、粉條冰、綠豆蒜冰。由於眞材實料，每一杓都是以綠豆仁用火慢燉之後，再加上蕃薯粉和米酒下去熬，吃過的客人讚不絕口。雖然老闆自己誠實地承認，熱綠豆蒜較能吃出原味，但隨人喜愛各有不同，一碗二十五元的價錢更是相當公道。

到了墾丁，在墾丁路上，除了琳瑯滿目的小賣店將墾丁妝點得十分異國，有兩間餐廳是絕不應該錯過的美食。一是

車城綠豆蒜老闆

旗津市場內的盛世

「Amy`s」；一是「迪迪小吃」。前者爲義大利餐館，半露天的設計，讓整個店面看起來帶有度假氣息，花枝卷和義大利麵透露出墾丁特有的海洋滋味；此外，「Amy`s」的門口還有馬車出租呢。「迪迪小吃」則是非常道地的南洋菜，善用咖哩和椰汁爲食物調味，小小的店面總是高朋滿坐，魅力難擋。連飲料如椰子汁、冰紅茶、冰咖啡，都有一種渾然天成的口感。

about... 旅行耳朵。

早就已經決定了，到南方海岸的路上，一定要聽日本民謠風二人團體「柚子」的歌。不單單因爲他們總是那樣與眾不同地思考反省著，不單單因爲他們的音樂裡充滿對這世界的溫柔反抗，不單單因爲前進南方很不應該一個人，——

墾丁的Amy`s餐館

去海邊，好像總是要成群結隊地，向廣袤的海洋宣戰。

於是，你聽見岩澤厚治高亢嘹亮的嗓音唱著：「受到現實這面銅牆鐵壁的打擊／若說這是為了生存的必須我可不相信／不願再欺騙自己／是啊，何不聽自己的心意前進……」這是否極其近似《哈瑪星渡船場》裡，那個自問自答卻始終沒有答案的年輕人？原來，屬於成長的茫然與失落根本是不分國界的。

又或者是北川悠仁狂野地低吼著：「聽說初戀情人即將為人母／曾一起瘋狂的死黨要變成董事長／心中懷著各自的思念／走在彼此不同的路上／如果你也聽見這首歌／就讓我們一起五音不全地唱吧……」

這與林清玄在《玫瑰海岸》裡，許多青春經過之後因爲懂得而凋零的心事，竟有著殊途同歸的慨嘆。於是，把音響聲量開到最大，搖下車窗，隨著風的呼吸，閃亮無雲的陽光公路上，飽滿著悲欣情緒的鼻音，眞的就隨著柚子拉開喉嚨大聲唱：「啊，啊，青春的歲月啊／啊，啊，青春的歲月啊……」

Kenting

Kenting

旅行備忘
海洋口味。

翻開這些書，可以聽見海浪

守夜人。余光中／九歌出版
恆春半島深度旅遊。陳文山等編著／遠流出版
墾丁。楊晴／太雅生活館
在山上演奏的星子們。林裕翼／聯合文學
迴旋木馬女孩。潘弘輝／探索文化
一枚西班牙錢幣的自助旅行。李進文／爾雅
玫瑰海岸。林清玄／九歌
獻給雨季的歌。王浩威／書林

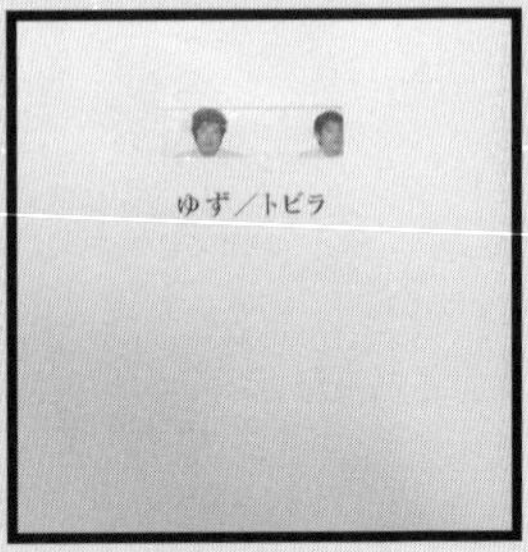

柚子的歌

請開門。柚子／艾迴唱片

其他

＊國立海洋生物博物館：
屏東縣車城鄉後灣村後灣路二號
電話：08-8824545

美麗的小吃，為記憶調味

＊迪迪小吃：
屏東縣墾丁里墾丁路八十六號
08-8861835
＊Amy`s：
屏東縣墾丁路115號
08-8861977

Kenting

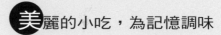

家族之旅，昨日重現

攝影／孫梓評

午睡醒來夢遊在昏黃的時空，

夢裡，

老建築群仍牽手嬉遊，

微笑跨向新世紀。

當昨日重現，

才能看見更遠的明天……

7

也許正如神話中的英雄，人們在長成的過程中，總不免必須告別一個原鄉，然後，再花長長的一生去征服與懷念。因而，辭鄉就變成一項「非如此不可」的終極挑戰。「鄉」的意象，可以是心理的，也可以是地理的。

林懷民在短篇小說〈辭鄉〉裡所辭的鄉，是嘉義縣的新港鄉。

由於與雲林縣的北港僅只一溪之隔，由此，也可以看出新港與北港之間密切的淵源。在《作家之旅》一書，由古蒙仁所寫的〈林懷民〉一篇，便相當仔細地把作者和原鄉之間的童年情意結鋪陳出來。林懷民一家在當地是「晴耕雨讀、書香世家」，但由於能讀書、有才識，當地離

整修中的新港奉天宮

家的孩子也多，整個小鎮，在繁華褪去、變身為農村之後，青、壯年大量外流，如同林懷民在小說中所提到的：「會讀書，有本事底，攏總插翅去美國，一條新港街仔算算咧，出國的也不只三十個嘍。」而這個統計數字，還是民國七十一年的事。

流年暗中偷換，新港的奉天宮（即媽祖廟）在九二一大地震中損傷，仍在復建之中，林懷民位於媽祖廟後頭、大興街上的老家，朱紅的門不知是否依舊？可知的是，街道在社區整頓後有了新貌。鄉村小鎮的變與不變之間，總像一場沒有結局的辯論。只是，不知道當林懷民一曲舞罷，回到舊居，又帶著何款心情？

北港街上美味的大餅

跨過北港溪，來到北港，整個以朝天宮為中心的圓環附近，可謂「宗教帶動民生」的奇觀。人群未走近寺廟，為數眾多的蒙面阿婆，已經使出渾身解數，要兜售一包包

俯瞰北港朝天宮，秩序井然

拿在手上的線香與金紙。經過了兩旁密集的商店，可以看見「朝天宮」廟宇上方、語言華麗的藻飾，像一句句停靠在信仰之上的靈魂花朵，要將眾生心願，上達天聽。倘若，遶行到廟後方的「媽祖景觀公園」，由五樓往下眺，則可以清楚地望見「朝天宮」共分四進，結構井然，充分展現台灣民間信仰的魅力。

北港往北，是鍾文音的「二崙」。

鍾文音以散文的體例，對家庭軼事大規模地爬梳，寫成《昨日重現——物件和影像的家族史》一書。在她的書裡，將家族的大河區分成父系與母系，再各自溯源而上，細膩地抓攫住時代變遷的氛圍，並再現了一個消失的年代，往日於是帶著一股芬芳走來，婷婷立於眼前。

其筆法是物質的：以品牌、物件、食物來表記歷史；其視野是博觀的，以家庭的生老病死、愛怨情仇，甚或是個人的成長經驗著墨。無意中，竟複製出相當完整的臺灣鄉野素描。當時代日新月異，所有城鄉面貌模糊難辨，獨有一個未曾死去的雲林舊景，在作者情深意重的筆下重建。

於是，我們隨著作者走踏雲林，知曉了那一條台灣最長的河：「濁水溪」可能暴漲與暴乾，鍾文音感性地敘述著：「像鄉愁般的莽莽氣味。……這溪水這般迤邐綿延，綿長到我只消待上一天就記得了它的全部。」橫跨其上的西螺大橋，猩紅的梯形橋身，啓用於民國四十一年十二月二十五日，通車大典時的煙火，曾帶給

猩紅的西螺大橋

雲洲大儒俠的家：
偶戲文物館

她母親「一場生命的美麗與驚嚇」。除了地理，還有她念茲在茲的西螺米、餅乾盒、束腹、髮髻、保力達B、好年冬、飛機頭、正露丸、止血草、逍遙散，這個世界原是無數繁衍出來的細節，靜靜聆聽時，總能聽出一份暖意。

閱讀《昨日重現》，閱讀「雲林」，跟著少女的鍾文音到虎尾，一個有歷史的小鎮，當日本人規劃了「南糖北米」的政策，虎尾就成為製糖重鎮。鍾文音去吃肉圓的市場附近，水利會還是沒變，糖廠裡的日式宿舍，仍然古意優美，唯「雲洲大儒俠史豔文」的展覽館沾了一點風霜，大概是史豔文雲遊四海去了吧？

無獨有偶地，另一位擅長報導文學的作者林保寶在《莿桐最後的望族》一書中，亦以身在「雲林莿桐」的自家情節說書，詳述與追蹤那些成為昨日青墳的先輩，在這塊土地上所留下的故事。

身為望族之後，他的先祖林本財勢雄厚，甚至一舉買下一千四百

安靜的莿桐國小

甲的土地，也有能力舉辦一場七天七夜流水席的婚宴。後來，雖因時代變故、家道中落，但整體生命的軌痕卻在作者認眞的文字補綴中接續。書裡展開的「尋根之旅」，不但成就家族史詩，更爲家鄉稗野作註，就像開在「莿桐國小」的幾棵莿桐樹，枯槁的枝頭綻出一朵朵褐紅、肥碩的花朵，爲樸實平凡的小鎭上色。

爲什麼總有這麼多的創作者，要回頭去看生命的初源呢？李維史陀在《憂鬱的熱帶》一書中提到：「回憶對人而言是一大享受，並非由於記憶歷歷在目，因為，很少有人願意再度歷經自己仍然喜歡回想的疲乏與痛苦。回憶就是生命本身，只是性質不同罷了。」

其實，在看似輕盈、無有重量的廿一世紀，正是這些由過去拋擲而來的諸多線索，讓我們找到自己應該站立的位置。而東方與西方不

兀自生長的莿桐樹

鹿港老街上的春光

同的傳統價值、倫理觀念與家族情感，更是許多創作者不能棄置的主題。

是以，當昨日重現，才能看見更遠的明天。

about... 臨摹鹿港。

身爲鹿港本地的作家，李昂有爲數不少的作品如《殺夫》、《自傳の小說》都是以「鹿港」爲創作背景。李昂的筆法或冷靜或繁複，小說裡的「鹿城」，彷彿便是現實中「鹿港」的表情。

三百年前，台灣重要市鎮：「一府二鹿三艋舺」，鹿港的地位不言可喻。只是在歲月的風沙之中，漸漸變成一個看似尋常的小鎮，卻有一股歷史悠久的血脈，在鹿港人的身體裡默默流著。

就像，繞過整個鹿港鎮的外環道路，一不小

心踏進了瑤林街和埔頭街的古蹟保存區，在古意盎然、修繕良好的陳年屋宇與巷弄中，小心翼翼地踏進鹿港人家的生活，竟像走進了殊異的時空。一幢幢的老屋，簷下掛著燈籠，門口張貼喜氣紅紙的對聯，或者，只是簡單兩字，以雋逸的書法寫著：春光。

晨光正好的時候，三三兩兩行人漫步而過。門口，有人洗蛤蜊，有還沒開張的麵茶店、咖啡館、文化會館、牙醫科、藝品店，甚至是樂透彩券。老街搖身一變，成爲觀光街道，其實恰恰呼應百年前她身爲繁華市鎮的身份。

除此之外，還有一些知名的景點，也都安靜地蹲踞在街弄的不經意轉角處。

好比意樓，高高地鎖住了女人的哀愁，好比九曲巷、摸乳巷，引人想像一個磨肩擦踵的年代，在擦身的同時，是否也擦出了什麼遙遠的心事？

不可忽略的，還有許多歷史悠久的廟宇。李昂描寫

摸乳巷，
時光從這裡側身經過

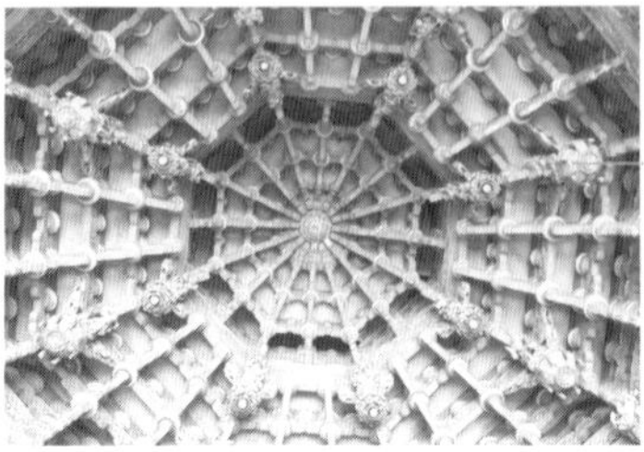

鹿港天后宮的藻井

筆下的主角「感到五月裡牡蠣才剛插枝，又已然是中元普渡。」並寫到鹿城有著複雜且完整的普渡，從七月初一到翌月的初二，由每個地區輪流祭拜，當地人甚至還編了歌謠備忘：「初一放水燈、初二普王宮、初三米市街……廿九通港普、三十龜粿店、初一乞食寮、初二米粉寮。」這，跟當地爲數衆多的廟宇必有關聯。其中，最具盛名的，當屬天后宮、龍山寺、文武廟等處。

九曲巷裡的人家

鹿港天后宮，是台灣少數由大陸接香而來的「湄州媽」之一，本來粉紅色的臉龐，在信徒日以繼夜的香火中，已薰成了「黑面媽祖」。在其後殿還設有「媽祖文物館」。至於龍山寺，主祀觀音菩薩，號稱是「台灣佛教開山寺」，不僅是鹿港八景之首，更是一級古蹟。而鹿港文武廟是三合一式的組合，結合了文開書院、文祠和武廟。庭院樹影幽深，偶有國小老師帶著學童們在其中感受這塊島嶼的豐厚的人文記憶。

其實，光是走在鹿港的中山路上，兩側的房子，都看得出時光的積累。城隍廟、百年香舖、燈籠製造店、食舖等等，像午睡醒來夢遊在昏黃的時空，夢裡，老建築群仍牽手嬉遊，微笑跨向新世紀。

about...家傳滋味。

在鹿港，處處是時間的鑿痕，連美食也不例外。

鹿港糕餅老舖玉珍齋設立於清光緒三年（西元一八七七年），迄今已一百餘年了。老舊的多利克（Doric）式建築，與日本總督府（今總統府）的設計師是同一人。店舖裡，賣有各色自製糕點：鳳眼糕、一口酥、牛舌餅、蘿蔔絲餅等等，鹹甜兼有，軟硬不同。此外，由於鹿港靠近

玉珍齋

鹿港文物紀念館

海域，天后宮前一整條長街，好吃新鮮的蚵仔煎也是非常有名的。

在北港，朝天宮前，亦是美食集散地。各種蜜餞、甜點太平盛世般地展列出來，目不暇給。婚嫁喜慶時的台式大餅，也是此地的特產。同時，還有一包包分類裝好的如蕃薯餅、麻花捲、卡哩卡哩，引人垂涎。

在新港，「新港飴」自是光彩奪目的主角。奉天宮前方，比北港朝天宮前稍微迷你一點的長街，就有許多販賣新港飴的店。傳說最早是民雄一個賣「麥芽糖」和「花生糖」的小販，因天雨多日，無法出門作生意，糖又逐日潮濕溶化，靈機一動便將兩種糖混合，再切成小塊，頭小尾尖，又名「老鼠仔糖」。沒想到口味特殊、名稱奇特，大受好評。後來，小販趁新港媽祖廟拜拜時前往叫賣，生意興隆，於是遷居新港，並開闢了店面。且掛出了「金長利」的招

哀愁意樓

牌。如今，「金長利」的新港飴不僅是家傳的口感，也是林懷民深深懷念的鄉味。

about...旅行耳朵。

當一段尋根或者追蹤自己所從來的旅程踏開，耳邊的音樂可以是「尤里西斯生命之旅」，伊蓮．卡蘭德蘿的主題弦樂與變奏，伴隨飄泊的主角一路飄盪，在古希臘式的吟詠中，啓動一場沒有結局的凝視。

凝視的縫隙中，滿是時間的灰塵。

或者，也可以是林海音的「城南舊事」，當我們把追溯源頭的腳步跨大，到彼岸去，聽林海叮叮琮琮的琴音，淡淡地彈奏著「花兒落了」，並把那遙遠童年的音息，緘封成一紙暗中的郵簡。

或者，更貼近李昂筆下那個糾纏的年代，聽立川直樹的「悲情城市」，音樂是秘密的鏡頭，記錄了一個年代，曾經的歌哭。

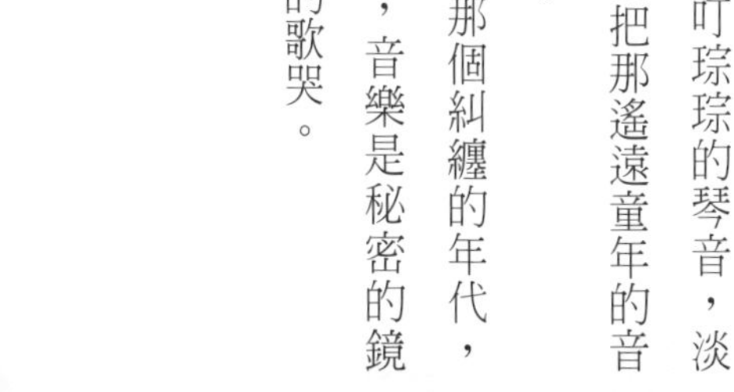

古剎龍山寺

Lukang

打開家譜
讀見自己。

鍾文音幼時愛去的振文書院

相關書籍

鐘文音。昨日重現／大田出版
林保寶。莿桐最後的望族／玉山社
陳黎。家族之旅／麥田
李昂。自傳の小説／皇冠
隱地。漲潮日／爾雅
蕭蕭。父王、扁擔、來時路／爾雅
朱天心。漫遊者／聯合文學
子敏。小太陽／麥田
夏祖麗。林海音傳。天下文化
陳文玲。多桑與紅玫瑰／大塊文化
駱以軍。月球姓氏／元尊文化
駱以軍。妻夢狗／元尊文化
陳思宏。指甲長花的世代／麥田
舒國治。臺灣重遊／唐山
林懷民。蟬／大地
謝春德。作家之旅／爾雅

音樂的地圖

伊蓮・卡蘭德蘿。尤里西斯生命之旅／十月影視
林海。城南舊事／BMG唱片
立川直樹。悲情城市／飛碟唱片
羅大佑。鹿港小鎮／飛碟唱片

家族美食

＊玉珍齋：
彰化縣鹿港鎮民族路168號
04-775-2468
＊金長利：
嘉義縣新港鄉新民路85號
05-374-5252

其他

＊鹿港導覽網：
http://www.lukang.net/index.htm

Chiai

時光鐵軌，永保安康

攝影／孫梓評

時間的前進，
是絕不會停止的，

在靠近與離開之間，
故事悄悄發生。
每天每夜，
往不知名的終站奔去，
像一場，
永遠翻不到完結篇的說書。

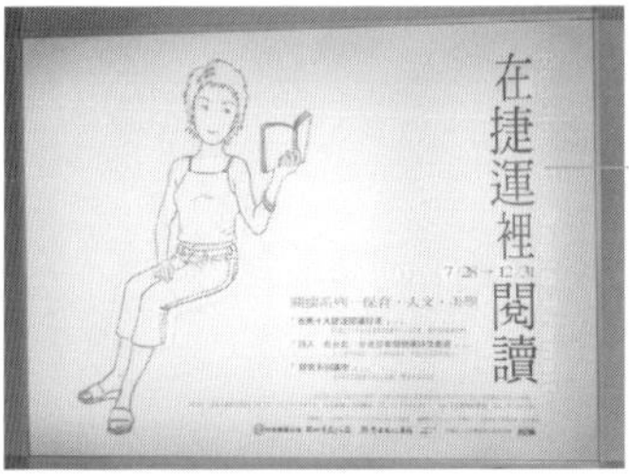

在捷運裡閱讀，
使我們永保安康

8

你一定已經聽說過了吧？

一張叫做「永保安康」的火車票，一段從永康站到保安站的旅程。或許，你的聽說是來自街頭許多懸掛著販賣祝福車票的攤子；或許，是來自網路上兩張一組的合成車票照片；或許，是一支家庭用車的廣告；或許，你讀過張曼娟的短篇小說〈天使的咒語〉。

是啊，雖然後來的後來，在眾多時光支流的分野中，這張「永保安康」的車票已經翻轉出太多不同的身世，但在故事的上游，其實是一篇愛情小說，虛構出來的甜美祝福。小說裡，描述一對闊別許久的朋友，在他們聽見戀人才聽得見的飛魚飛翔的聲音之前，曾有過一段青澀的年少情事。

永保安康的起點

那是三個人的糾纏：他愛著她，她戀著另一個他，所有的癡心都成爲失落。

當無情的男孩以背叛傷透了她，女孩單薄無依的心，在始終守候的他的溫暖裡找到港口。只是，負心的男孩離開前，基於種種原因，曾爲女孩舉辦一場生日派對，

席間，卻不見守候天使的身影。

隔天，他出現了，沒多說什麼，只遞給女孩一張淺藍色的，「永康——保安」的車票，當時她沒讀懂，兩人也漸漸在生命中走散了。直到，許多年後再記起這一段往事，那一張薄薄的車票突然變成時空中如此重要的一樣證物，女孩翻箱倒櫃地找出，終於讀懂了他的祝福：「永保安康」，是天使的咒語，也是承諾。

永康安康的終點

那麼，現實生活中，永康站和

保安車站

保安站又是什麼模樣呢？

前者位於台南縣永康市，站齡較新，簡單樸素；後者位於台南縣保安村，是一個上了年紀的站，保有木製車站的風味。當然，原先這兩處都是旅客甚稀，平凡安靜的小站。如今，當你走進保安車站前的窄巷，除了擺有販賣車票中國結的攤子，站旁一棵老樹的樹身也被漆上「祝君閤府永保安康」的字樣；站內更設有桌子，提供類似的祝福印章讓遊客們留念。走在保安村裡，時間好像變得很慢，站前雜貨小店的騎樓下幾個閒聊的老人家，旁觀著一切。站裡賣票的先生已經習慣了這忽然發生的一切，每當有人說要買「永康——保安」的車票，他不多廢話，直接將日期打印，遞出售票口。車來了，車又走了，夕陽的光線游移在車站內水泥地上，把世界走成一條不規則的線。

除了永保安康的故事，火車，也是許多人離開故鄉的工具。長長的鐵路如同長長的鄉愁。當時間更現代、近代的時候，環島旅行成爲旅遊新時尚，鐵路，竟將台灣圈成一個圓。

或許，你讀過楊牧非常精緻的那篇〈循行大島〉，寫青春期一次環島遊玩的將驗，火車和腳踏車交相運用，從花蓮出發，走清水斷崖，到宜蘭和台北，再輕輕繞過西半部，來到南方偏遠的終站枋寮；繼續前進，往屏東與台東的交界，往台東與花蓮的交界，歸返花蓮。而夜暗的列車正寂寞地穿越無聲的風景，楊牧寫道：「火車過了卑南溪大橋，我們逐漸安靜下來。」一群累著了的少年，在旅程的最末段，身體十分疲累，感官卻異常清晰：「隨火車引擎的動作搖擺搖擺，先感覺到皮肉和木料之間滋生的濕氣

北迴鐵路

正在溶化，凝聚汗水，使得原來已經光滑油亮的板椅，以及一個多星期曝曬，刷洗下來的兩條大腿，融融互相對應，廝磨著，有一種痠痛不潔的快感，反而就毫無保留地接受了那樣尷尬的觸覺。」

雖然是散文，楊牧卻以詩人精準無比的細膩寫實，將火車和人之間的互動寫得淋漓盡致。回憶的鐵道上，好像又拖長了時光的車班，將那些天光雲影，椰風浪花都收進耳朵裡，循行了一座島，也回顧了過往的生命。

袁哲生的短篇小說〈送行〉更交織幾個疏落的身影：逃兵、憲兵、逃兵的父親和弟弟、不相干的婦人和她的女兒，故事從一班押解逃兵北上的列車開始，父親和弟弟不遠不近地陪著，天亮時抵達台北，逃兵下車，父親上船出海，弟弟和婦人及其女兒短短地交逢，散

池上車站

文般的語句，抒情著一幅又一幅的人生撕畫。故事很簡單，但是輕描淡寫看似流水帳的情節中，隱隱透出一股張力——是不是，因爲有一些生活的核心存在其中？

除了文學的部分，人人出版社的一系列「火車鐵道書」，更鉅細靡遺地將台鐵的歷史、圖片；火車的種類、符號的標記、被遺忘的老列車等等都蒐羅完整，非常有計劃地推薦給讀者。好比，我們總是豔羨著歐洲與日本的餐車情調，其實，從前莒光號上也有高雅大方的餐車，雖然在民國七十八年十一月結束營業，最近又有復甦之勢，由台鐵和旅遊局合辦的花蓮觀光列車，以一般客車、極簡餐車和客廳車組合而成。此外，在九二一地震中傷勢頗重的集集，也已復駛，並將集集線更名爲「南投縣觀光鐵道」。

悟饕便當

有趣的是，我們常私心嚮往著日本新幹線上準時啓程的寢台列車，一路披星戴月從北海道到東京，其實，在民國六〇年代後期，每晚由台北與高雄對開的西線臥車，也是相當浪漫的舊時行旅，不過民國七十一年後，亦停止了這項服務。

絕不會停止的，是時間的前進吧？每天每夜，往不知名的終站奔去，像一場永遠翻不到完結篇的說書。

火車經過油菜花

about...
時光巴士。

穿梭在城市大街小巷的公車，一定每天都發生著難以數計的故事。在張維中的第一本散文集《流光旅途》中，即以一段公車路線，帶出了成長的旅程。

他將一個越區就讀的國小孩子，以六歲稚齡要獨自搭車的情節描述得活靈活現，包括一家人是怎樣送他去坐車，姐姐們如何組成一個緊急救援隊，或是當他終於長大了再回過頭去看這一段往事時，整個城市與自己的改變。

時光其實是一班不回頭的公車啊，我們搭乘其上，與城市裡的美麗陌生人共度一小段沉默時光，在靠近與離開之間，故事悄悄發生。

同樣以公車入鏡的還有詹雅蘭的〈等待285的貓〉和〈72路天堂〉。在她的生活散文《微笑碼頭》一書中，以各式各樣不同的交通工具作爲串連故事場景的密碼。舉凡是臺灣的計程車、捷運、日本京都的腳踏車、新加坡的碼頭，往馬來西亞的飛機等等，每一篇都各具風味。〈等待285的貓〉把公車路線寫進人生，以兩個女孩之間細膩又幽微的友情互動去發揮，絲絲入扣；〈72路天堂〉則是聚焦於親情，寫一個家中擁有

不能避免的等

眾多姐妹的女孩，她被放置在性別的位置上，把自己弄得好彆扭，卻終於在一次搭公車迷路的突發事件裡，感受到來自家人的溫暖，也看清了自己的身分與價值。

不過，隨著捷運的開通，許多發生愛情的可能，場景亦隨之轉移。大田出版的《捷運愛情故事》即是以主題寫作的方式，將台北捷運的路段、特性、營運時間、工作人員都溶入書裡。由於是綜合結集出書，也讓城市中每個人對於捷運的不同想像曝露無遺。若是有人想從事社會心理學研究，這些遍布在社會角落的愛情悲喜劇，就是最眞實的臨床報告。至於幾米的繪本《地下鐵》，將城市虛構，場景突顯，以一個盲女的想像世界爲藍圖，畫出黑暗世界中的繽紛與奔騰，擁擠在顏色裡的聲音和氣味，也許比視覺的感官來得更開放呢。

about... 鐵路滋味。

沿著鐵路線，在各地火車站下車，就可以遇見許多難忘的好滋味。

好比基隆車站附近的夜市小吃；橋頭車站附近的高雄糖廠；屏東火車站附近的屏東夜市；萬華車站附近的華西街。庶民文化和鐵路的相互配合，達到一種十分親密的聯繫。不過，眞正充滿旅行／鄉愁的滋味，應該還是火車上叫賣的「鐵路便當」。許多人的鐵路記憶，都籠罩在打開便當蓋子的喜悅剎那裡。雖然不見得熱騰騰的，也不見得比街上的自助餐好吃，但吃著鐵路便當，配合火車前進的節奏，就是有一種相得益彰的感覺。

如今名聞全台的「池上便當」便是以其木片包裝著名。當火車轟隆隆地駛過南迴鐵路，越過台東，來到池上，千萬不能錯過發源地的便當口味喔。不過，正宗的月台便當發源店：「佳豪」並未標得月台便當販賣權，而且，也因爲股權的更動易名爲「悟饕」，因此，遊客必須出站才能親訪這家鼎鼎有

前進，不能避免的前進

名的老店。

另一項特別的滋味，是阿里山森林鐵路經過的奮起湖老街所賣的「天美珍火車餅」。兩個一組的火車餅，乖乖地躺在印有「畚箕湖火車餅」字樣的便當盒子裡。看起來呈長方形，像一般的傳統大餅，可是，內餡吃起來卻有一股淡淡的香味，細察之下才知道是以烏龍茶碾成粉末，加進餡裡，才造成這種特別的芳香。此外，天美珍的南瓜子，也是以高山茶葉炒製，口味特殊，值得一嚐。

捷運站裡

about... 旅行耳朵。

提到火車，最最耳熟能詳的歌莫過於林強的「向前走」吧。十年前，他以一首不悲情不喪志的台語歌，改寫了歌壇文化，記憶中，猶有他聲嘶力吼的嗓音，啥物都不驚地唱著：「火車漸漸在起走／再會我的故鄉和親戚／阮欲來去台北打拼／聽人講啥物好空的攏在那／車站一站一站過去啦／風景一幕一幕親像電影／台北台北車頭到啦／我的理想和希望攏在這」。在簡單白話的歌詞中，充分刻劃出台北作爲台灣首善之都所承擔和承諾的——好像火車所搬運的，不只路程，還有夢、希望與一個年輕人即將出發的一生。而一個鄉下孩子對於城市景仰的心情和憧憬，也在他青春的聲音裡透露。

又或者，你覺得火車的速度不能符合意念的極度迅速呢？陳珊妮多年前曾將夏宇的詩〈乘著噴射機離去〉譜曲吟唱，是文學和音樂結合的最好例子。夏宇以寫實又抽離的筆法，鋪陳現實又抽象的場景：「我們是否可以放任自己／在會話裡／在銀行的對面／在橋上走／或者／乘噴射機／離去／回到開始／陰暗的小酒館／陌生的語言／羅馬尼亞人／遊行行列」她在詩的世界裡任意將時間跳動、剪接，彷彿掌握了遠方的遊行對伍，也控制了餐館裡對角線延伸的速度。

什麼交通工具最快？噴射機也許是夠快了，只是，還快不過詩人手下的筆。

捷運出發

Train

時間窗口
過目不忘。

書籍

喜歡。張曼娟／皇冠
寂寞的遊戲。袁哲生／聯合文學
昔我往矣。楊牧／洪範書店
流光旅途。張維中／麥田
微笑碼頭。詹雅蘭／商周
捷運愛情故事。侯文詠等／大田
搭火車遊台灣。吳柏青／上旗文化
地下鐵。幾米／大塊文化
台鐵憶舊四十年。蘇昭旭／人人

音樂

向前走／林強／魔岩唱片
搭著噴射機離去／陳珊妮／友善的狗

美食

＊悟饕便當（原「佳豪」）
台東縣池上鄉忠孝路259號
（出火車站直走，過兩個十字路口）
089-862-326

＊天美珍
嘉義縣竹崎鄉中和村（奮起湖）142號
05-256-1008

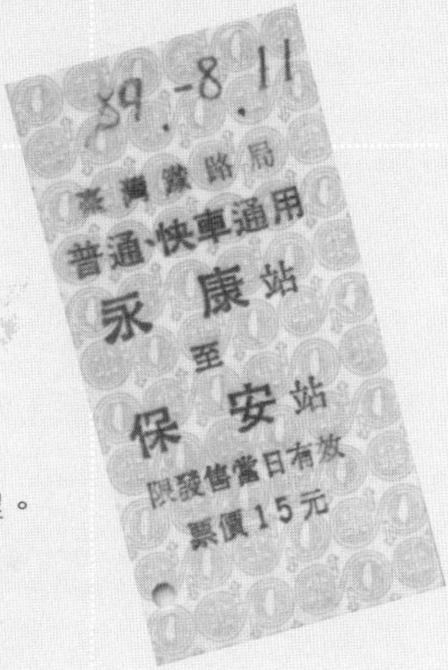

其他

＊環島鐵路旅遊聯營中心報名電話：
包含有花蓮二日遊、阿里山二日遊、
南迴三日遊、東埔集集二日遊等行程。
02-2382-5312 / 02-2382-5331

＊台鐵網站：
www.railway.gov.tw

Train

花語紛紛，綠葉垂碧

攜帶書裡的紛紛花語，

攝影／孫梓評

因為竊聽了綠與綠的對話，

所以心底不能安撫的騷動一直在催促著．

是時候了……

是時候了……

蕨的語言

9

在島的邊緣，總還會有一些美麗的耳語。就好像，依然有一些作者堅持走到自然去，聆聽未經斧鑿的聲音。不可不提地，蔡珠兒的《花叢腹語》和凌拂的《食野之苹》都爲台灣花草留下相當珍貴的文學筆記。

這兩本圖文並茂的書，並未特別區分地理位置，完全是以自然界中的植物爲創作的主角，蔡珠兒著重在花與樹的部分，凌拂則以野生草類爲書寫重點。綜觀這兩本書，可以發現不管是走到那裡，都可以在台灣的角落與這些花草照面。像是將橘紅亮麗的炮仗花寫成一場心靈的劈哩啪啦，或是將街頭尋常的木棉寫成每年三月的革命，像是將含笑花寫成具有鄉土感的夭壽甜，或是將王蘭的霸氣寫成獨裁的心事，蔡珠兒下筆精準，冷中帶熱，當我們

林間的溝通

走過街巷，無意中看見她筆下的花朵素描，不禁多了一分想像，好像那花與樹透過擬人手法後，忽然在我們眼裡活了起來。

相對於此，凌拂的台灣野菜圖譜查就顯得日常家居多了。她細細地描繪山裡的野蔬：山萵苣、昭和草、水芹菜、月桃、蛇莓……等等，不但以文字，更親自繪製插圖，像介紹自己住在山裡的朋友一般，莫怪乎張曉風要稱她爲「有木氏凌拂」。而凌拂居在山中，任教於森林小學的經驗也的確給了平日在塵世忙碌汲營的我們一個相當好的借鏡。

此外，女詩人似乎獨鍾花底風景。比如斯人所著的《薔薇花事》，就一口氣寫了忍冬、秋櫻、木蓮、百合等多項花草，將山上的風光插進詩的瓶子裡，其中一首〈夏〉寫道：

「為什麼要悲傷／倘若薔薇歷經了夏／自春末以至秋初，就要進入／它長長的睡眠之中」

好像也在敘說著自己的心事。席慕蓉著名的詩集《七里香》也提到了七里香、蓮、茉莉等花卉，

出發走向林間

林間蔓延

讀她的詩像不眠的長風，輕輕吹過窗前，又吹進遙遠的夢裡。

相較之下，詹澈的《西瓜寮詩集》多了一份濃厚的土地氣息。在其首章〈風景畫〉之中，用非常白話的語句，將台東瓜農的生命與期待入詩。除了該地簡潔有力的實景速寫外，用整個心神去思考的，還有生活。比如他說：「吸吮著鄉婦碩實的乳房的嬰兒／已經長大／吸吮著我們辛勞的汗水的西瓜／已經成熟／然而，在中間商轉售的過程中／從遠方開來的一張支票／總是不比門板上的一張神符／更叫我們信服」字裡行間充分流露了瓜農的辛苦和無奈。

但這樣的心酸並不是台東西瓜寮唯

一的表情。深具思考與反省的詹澈，除了以詩對抗不健全的體制，更提倡農運，希望可以讓台東的瓜農有好日子過。在他的詩集序言中很清楚地提出了自己詩的主張，更以動人的筆法道出台東遼闊的壯麗與西瓜寮的美。作爲一個詩人，他並沒有錯過隱藏在艱辛生活底層的欲望，於是他寫著：「深夜後的初月／像他單耳側臉／趴伏在沙地上傾聽／偷瓜者的腳步聲／看清楚那個偷瓜者用手摀臉／竟是他父親剛分手的情婦」。那應該是一種百味交纏的心境吧，在東部的鄉間，一方明月皎潔的夜，一個剛剛失去愛情的女人，要到瓜田去偷回什麼呢？

如果，這些自然的指標，顯得太過含糊不清，那麼，還有一系列的書如《台北市自然景觀導覽》或是《天母水管路古道》都可以提供一條更明確的途徑。如北投區有七星公園步道、關渡平原河堤步道；士林區有魚路和水管路；內湖區有內雙溪農林體驗園區；南港區有舊莊茶山；文

花語

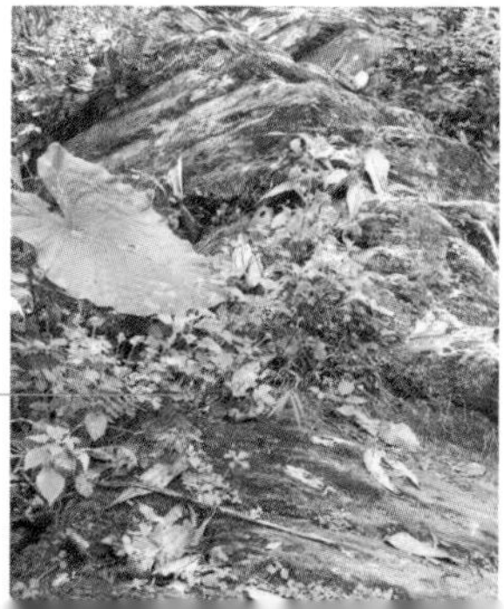

沈默的綠

時間蜂巢

山區有仙跡岩和茶葉古道；市區中則有植物園或台大校園等處。遍布在全省各處的自然森林遊樂區更是不勝枚舉。

選一個有陽光的好天氣，攜帶這些書裡的紛紛花語，眞正走到大自然去，不難體會古人爲什麼會說：文章是案頭之山水，山水爲案頭之文章。就因爲我們都生活在植物彼此交談的腹語術裡，竊聽了綠與綠的對話，所以心底不能安撫的騷動一直在催促著：是時候了，是時候了，一起出發吧。

語言有刺

about...
美濃山水。

張錯的詩集《檳榔花》，說是寫給台灣的，一封蒹葭體的情書。細讀全書，行旅浪跡遍布大半個台灣，但其中以之貫穿精神的，卻是〈檳榔花開的季節〉一詩，將美濃與荖濃溪的風光化成咀嚼有味的文字。

美濃的菸葉

Meinung

幾年前首部客語電影「青春無悔」即帶領台灣的觀衆們進入南半島山間的秀麗之美。重要的客籍作家鍾理和，也將客家人的精神溶入作品之間。但是究竟在日本人占據時更名爲「美濃」的「瀰濃」，有著什麼樣的魅力，既保留了傳統的風骨，又承擔了詩人的贊語呢？

美濃，從184縣道或南二高至旗山直行就可以抵達，雖然也有爲數不少的高雄客運班次，但是交通上並不是眞的十分便利。也許正因爲這樣，這個山中的小城，才能一直在繁鬧的現代中，保持樸素的容顏。

蕉葉

美濃的中正湖

而以菸樓、油紙傘和客家料理聞名的美濃，也是一個頗具觀光資源的風景點。張錯的眼睛更看出了阡陌中隱藏的詩意：「在門前種幾棵檳榔／屋後植一畝蕉園／把詩寫在芭蕉葉上／把浮世的詩句與檳榔一起咀嚼」，這是詩人的美濃。

觀光客的美濃則不會錯過中山路上香噴噴的美濃粄條（尤以中山路一段87號的「美光粄條」最道地），還有如冬瓜封、滷豬腳、梅干扣肉、薑絲大腸、炒野蓮等都

美濃的客家文物館

是客家名菜。再往裡走，隨處都可以見到一間又一間的油紙傘廠。因爲，「傘」對客家人而言是一種吉利的象徵，且「傘」字有四個「人」，代表多子多孫的意思。就開在中正湖畔的廣榮興傘廠，已有七、八十年的歷史，不但販賣美麗的手工油紙傘，還開放半成品讓遊客自己隨興在傘面上繪畫。

隔鄰的中正湖是高雄縣第二大湖，是先民引圳灌溉而成。開車往上前行，可以抵達鍾理和紀念館。在紀念館旁，設有台灣第一座文學步道園區，石板步道兩側種植著許多花卉，並有大石頭刻上雋永的文句及賴和、葉石濤、楊逵、王昶雄等文學家的生平故事。沿著步道走到底，就

林間舊屋

是相當著名的黃蝶翠谷。

黃蝶翠谷位於美濃鎮東北方一帶，雙溪貫流其間，又盛產適合黃蝶幼蟲食用的鐵刀木，溪畔更長滿長穗草和馬纓丹，可供羽化的成蝶吸食花蜜，因此許多黃蝶都群聚在此氣候溫和的山谷中生息繁衍。每年十月，總可以看見成千上萬的淡黃蝶結伴飛舞，像是剛剛孵化的夢。

等待被閱讀的年輪

about... 美麗舌頭。

碧綠與美麗的植物，不僅可以作爲視覺風景，也是相當動人的味覺風景呢。

除了街上偶爾可見的素菜館，將素食文化提昇到美味可口的層次，在台北市東區明曜百貨後面的「逛街」餐館更是別具一格地以素食烹調成法國料理。

門口綠油油地，彷彿預告著店裡的道地蔬果食譜，「焗香菇」幾可亂眞地代替了法式烤田螺，「葡式焗飯」則以各色新鮮蔬菜取代了傳統的海鮮焗飯；從沙拉吧的調醬開始，就以各類的「花生核桃醬」、「法式油醋醬」爲其素食料理揭開精彩的序幕。不同於在台灣十分大衆口味的千島醬，嚐起來眞的有一種異國的風情。蔬菜湯和南瓜湯的口感都很柔和，主菜一上，更是完全發揮蔬果之鮮。獨家的醬汁爲料理加分許多，佐以蕭邦的夜曲，好像眞的有點法國南方的氣息呢。

林間吊木橋

另一間綠油油的店是同樣位於台北市東區的「小熊森林」，走進店裡，迎面而來普羅旺斯薰衣草香，薄薄的一張menu，將各種花草輕茶的療效清楚明白地記載下來，或是舒緩神經，或是治療感冒、胃痛，或是以其淡淡的芬芳，在入喉的瞬間，複製一個繁華又簡單的世界。店裡供應的兩

林間散步道・在扇平

種手工餅乾，也都是以玫瑰或薰衣草花瓣佐味，舌尖輕觸著安靜的單瓣，好像咀嚼著春天。一不小心，就吞下一瓣過於貞靜的諾言。

除此之外，由植物身上所提煉的香精油也是另一項特殊的用途。香精油可作爲飲用、吸入、手腳浴、盆浴、冷熱敷、漱口、按摩、薰香等多方面用途，在越來越多的精油店中，消費者多半可依自己的喜好購買不同的種類：迷迭香治鼻竇炎，辣薄荷抑發汗，甜柳橙改善乾燥，佛手柑防消化不良……。當芳香療法漸漸被人們所信賴，以精油調配的皮膚保養品或頭髮保養品也廣受歡迎。

興奮的訴說

about...
旅行耳朵。

聆聽花草的聲音時，或許人聲應該抽離，沉默。因此，聽鋼琴詩人凱特爾．畢卓史坦所演奏的琴音，漫步在草風花雨之中，好像很可以聽出一些端倪？

走進自然，伴著ECM出版的一系列凱特爾．畢卓史坦，都是很好的選擇。

總是，一個緩慢的和弦開始了心靈和自然的勾引、呼應，手指與琴鍵碰觸，敲擊著內裡的弦，彷彿一個人的漫遊，攜一冊薄薄的詩上路，現世靜好，歲月無憂。

古人說：花不能語，如果沿階開滅的牽牛花可以說，會說什麼？如果園裡素顏等待的玫瑰可以說，會說什麼？真的可以聽見花開的聲音嗎？

除了鋼琴，馬友友的無伴奏大提琴似乎也是不錯的旅件。傾耳細聽琴弓劃過弦上那種忽然而來的繃緊，像不像詩人或散文家把自然植物寫得透徹的一剎那，我們只能聞之嘆服？在琴音的拉拔和繚繞中，世界擴大，像是可以去到任何一個遠方。

Tree

賞花看葉
不可不備。

書籍

斯人。薔薇花事／書林
張錯。檳榔花／大雁
詹澈。西瓜寮詩集／元尊文化
席慕蓉。七里香／圓神
凌拂。食野之苹／時報
凌拂。與荒野相遇／聯合文學
蔡珠兒。花叢腹語／聯合文學
林麗琪。林麗琪的秘密花園／大樹文化
天母水管路古道／貓頭鷹
台北市自然景觀導覽／台北市政府新聞處

好地方

＊逛街
台北市仁愛路四段345巷2弄11號
02-2773-8529
＊小熊森林
台北市敦化南路一段177巷25號
02-2772-5550

音樂

巴哈無伴奏大提琴／馬友友／新力
琴書／凱特爾・畢卓史坦／ECM

其他

＊鍾理和紀念館：
高雄縣美濃鎮廣林里朝元路96號
07-6814080
＊菸樓陶藝
高雄縣美濃鎮獅山里福山街14號
07-6851521
＊廣榮興傘廠
高雄縣美濃鎮中圳里民權路40號
07-6817051
＊台北市客家文化會館
台北市大安區信義路三段157巷11號
02-2702-6154

休息一下，繼續走

Flower

聆聽綠島，蘭嶼之歌

攝影／E&S

夜來了以後，

雲在天上安靜趕路，

星星變換不為人知的隊形，

只有海水，

不停止拍打、叩問岸頭的聲響，
仍然日日夜夜地，
吟唱著一隻永恆的，
蘭嶼之歌。

蘭嶼別館

10

當飛機劃過無限的藍，海面上漸漸出現了遠方一座島嶼的輪廓，然後機身與島嶼靠近得很快，筆直地向前飛行，卻已在降落跑道之上。這時，便可以明白爲什麼三毛在《蘭嶼之歌》的序言裡說：「我們好似要吹到海水裡去了，飛機才悠然止住。」因爲，飛機跑道與海，眞的靠得很近、很近。

那是一九七二年的事了。三毛在蘭嶼的依穆路村（紅頭村）邂逅了神父丁松青，十年後並且爲他翻譯了《蘭嶼之歌》。那時的蘭嶼，或許比素樸還要更素樸一些。那時，人們喚機場所在地的「漁人」爲依拉泰村；歌手陳建年任職的派出所「椰油」今日同樣名爲椰油村；湯湘竹拍的記錄片「海有多深」，那個角頭老大席．馬目諾所住的「朗島」，叫做依拉拉來村；擁有美麗日出的「東清」，則是依洛奴米路村；保留較多地下屋的「野銀」，叫做依凡瑞奴村。

三毛到的時候，第一座旅館「蘭嶼別館」剛開幕不久。

前往蘭嶼，心情是複雜的。一個只離臺灣九十一公里的離島，卻有

飛往蘭嶼和綠島的十九人座小飛機

傳統達悟族居家建築

Lanyu

著完全迥異的風土民情。觀點可以有兩種，或者更多。

不能不從神話開始，尤其當島上居民如此深信「祖靈」與「惡靈」的存在。屬於達悟族最有趣的原住民神話，當屬「竹生人」和「石生人」一事。在天地洪荒之際，竹子與石頭裡各生出了一個人。隨後，這兩個人的膝蓋發癢、腫脹，各由左右膝蓋產下一子一女。原本近親通婚，後代皆是瞎眼、跛腳，兩人於是提議讓自己的後代交換結婚，果然產下了正常的孩子。後來，石生人往漁人村走去，撿到了鐵；竹生人往野銀村走去，發現了金子。他們分別學會了斧頭與船的製造方法，石生人更成了達悟族萬物的命名者，他教給子孫們詞彙、唱歌、蓋屋、鍋具與釣魚等生活常識。

又或者，是從夏曼·藍波安的《冷海情深》裡，走進達悟族的情感與生活。除了描繪他對於大海的一往情深，有意無意間勾勒出的，是現代腳步的牽曳中，蘭嶼人的何去何從？如果說，《蘭嶼之歌》呈現了一個外來者接觸蘭嶼的溫暖觀點，拓拔斯·塔瑪匹瑪（田雅各）的《蘭嶼行醫記》，則饒富多重含意地，表達出原住民（布農族）看待原住民

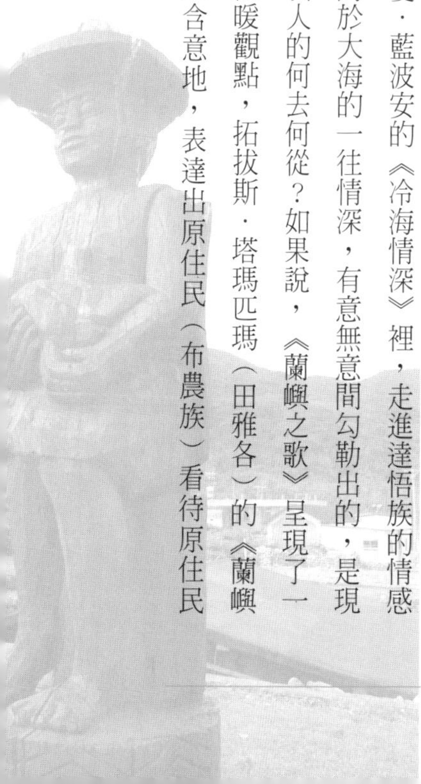

達悟族人像

飛魚圖畫

（達悟族）的有情眼光。換言之，夏曼．藍波安的敘述裡，無可避免地，要包括自我詮釋、自省和抵禦外力等豐富層次。從他的蘭嶼三書：《八代灣的神話》、《黑色的翅膀》、《冷海情深》，我們不難讀見自一九八四年所開始推動的原住民運動，如何內化著知識份子。從離開到歸來，夏曼．藍波安誠實無欺地自曝心路，把他的返鄉之路以漢文字表達，實在是讓各種異文化學習、觀照、體諒的最佳管道。

而長篇小說《黑色的翅膀》，更以大量的達悟語對話，讓當地居民的智慧、思想得以呈現和保留。那些真實的生活的氣味，令人動容。

閱讀蘭嶼，然後知道：原來，遊客眼中水色天光的海，是他們人生最大的戰場。達悟人喜歡吃魚，把飛魚當成天神賜予的食物。在性別分野清楚的達悟社會裡，男人有歌，女人善舞，連魚類都分成男人魚、女人魚、老人魚……。萬物有靈，所以心存敬意。夏曼．藍波安與父親上山準備伐樹造舟時，父親吟唱的歌謠簡直像詩：「我等了祢十多年／砍除祢周身的木屑／留下祢最堅實的部分／那是充滿飛魚、方頭魚腥味的木塊……。」儘管那樣的世界，在遊客的眼中無法看見，但怎麼能去否

達悟族人晒魚乾

認如此純粹的信仰？就像夏曼．藍波安在〈台灣來的貨輪〉一篇，坦白地說出了蘭嶼新生代對於外界的想望：一種新的斷層正在成形，整個蘭嶼都灰塵煙揚地建著水泥屋，那似乎就是居民們對現代化的解釋與感應。所以，夏曼．藍波安必定是寂寞的，卻因此有了生命的深度。當他在海潮中深刻感受，在感受後提筆書寫。

前往蘭嶼，可以是觀賞風景的心情。——島之西

八代灣的神話

教堂與孩子

方，八代灣晴天的海水絕對夠湛藍，看似平靜的灣口，遠遠停歇幾艘拼板舟，或許是日落了，搖曳的霞光一路迤邐，像極畫裡的顏料，繽繽氳開。島之南方，與小蘭嶼很靠近的一側，青青草原上有早放的野百合，像純潔詩歌，不理會人世潮騷，兀自放聲。島之東方，日出時天地乍寬，東清至野銀間的一段，幅員甚闊，港裡泊著自家船隻，坐在涼亭裡就可以望遠，教堂的門口，有孩子爬上了端頂，像要把這個世界看得更清楚些。島之北方，沿途都是象形的巨石：雙獅岩、玉女岩、軍艦岩、坦克岩，風把山吹綠了之後，也順手雕出石形，供人們揣摩。

前往蘭嶼，可以是摸索生活的心情。——突然發現路上有達悟老嫗頭頂著剛收成的水芋經過，不要那麼快按下快門。與潛水歸來，身上仍揹著自製魚槍走過的達悟男子擦肩，不要吝於一個友善的微笑。在路上看見自在走路的蘭嶼豬仔，或是隨處可見的山羊，不要忘記放慢行駛車速。夜來了以後，哪裡都去不成，雲在天上安靜趕路，星星變換不爲人知的隊形，只有海水，不停止拍打、叩問岸頭的聲響，仍然

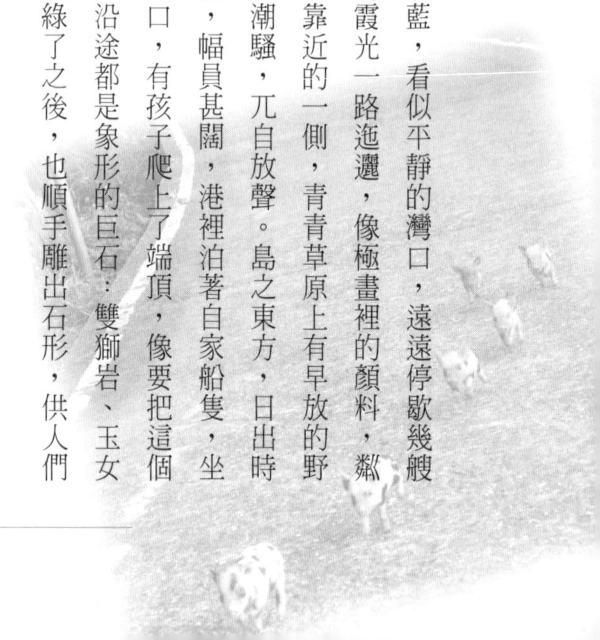

小豬散步

Liudau

日日夜夜地，吟唱著一隻永恆的，蘭嶼之歌。

about... 綠島行腳。

關於綠島，你的記憶是什麼？

當船駛離台東的富岡漁港，船尖割破了海，濺出雪白清澈的浪花，一大片一大片地撲窗而來。窗外，是據說會出現海豚，卻始終只有一片蔚藍的無涯海域。直到靠岸，踏上了綠島的時候，風從遠處吹過來，把臉颳得有些疼，陽光亮亮地灑下來，人們站在風裡面，好像這樣就是全世界。

然而，從前，並非所有人都是自願前往綠島的。

這麼一想的時候，心情不禁忐忑了起來。

因爲綠島的身世，不只在於風景。過去因夕照燃燒了整片海平線，被稱爲「火燒島」的綠島，在未解禁的年代前，曾有許多政治犯

綠島監獄

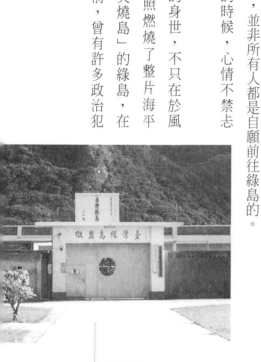

綠島燈塔

在此寫下血淚的故事。像是楊逵的《綠島家書》，他在一九四九年，因爲起草「和平宣言」一文，呼籲各省籍同胞互信互愛，竟致鋃鐺入獄，留下一個破碎的家。然而，這些楊逵枕在肥皂箱上，以樸拙字跡書寫而成的家書，絕大多數並未抵達家人手裡。這樣的情節，是否引你想起朱天心的短篇小說：〈從前從前有個浦島太郎……〉？

或者，是《柏楊回憶錄》中提到的往事：一九六八年，柏楊的太太在《中華日報》主編婦女版，他捉刀翻譯「大力水手」的連環漫畫。其中一篇是卜派和他的兒子，流浪到一個小島上，父子競選總統，發表演說，在開場時稱呼：「Fellows……」如果，柏楊將之譯爲「伙伴們」，或可逃過一劫，但他卻信手拈來，譯成「全國軍民同胞們」，從此大難來臨。調查局認定他「以漫畫挑撥政府與人民

綠洲山莊

之間的感情，打擊最高領導中心……」。被帶走之前，雖然已抱著斷腕之決心，但萬萬沒想到會以「被俘」（曾被共產黨俘虜）的罪名判刑，而後更遠調至綠島，九年之後，家破人非。綠島傷心地，他在297號牢房中獃了九年又二十六天。後來，「人權紀念公園」在綠島設立，原先打算把「綠洲山莊」變成度假牢房的心願，是柏楊的幽默控訴，但懸而未決，該處仍一片荒廢。

也許，地球與時間的運轉是不關乎悲傷和苦痛的。一如潮汐。如今，綠島變成觀光地的舊日傷口，在人們的嬉笑中，格外有一份不同的意義。有時，是牛頭山下的美麗峽灣，有時，是燕子口的半月洞，有時，是柚子湖的神奇海蝕，有時，是一整夜的朝日海底溫泉，在無人的

朝日海底溫泉

坐在潛水用的長堤上聽潮，綠島

夜色中，繚繞著青春笑語。

又或者，穿上潛水衣，到石朗去，感覺自己與海水徹底地肌膚相親。浮瞰海底多層次的斑爛世界，熱帶魚在陽光透射的海面下自在悠遊，以及珊瑚礁群的壯麗展現，像是不同世界的語言被訴說出來，被解釋著，被傾聽著。

然後，當又回到了城市的包圍後，在水泥森林裡重覆著日子的重覆，或許就選擇一塊有海浪的ＣＤ，在遠遠近近的潮聲中，彷彿又回到了綠島，提領存放於彼地，關於陽光與綠的記憶。

about...

淺嚐東海。

在綠島，當然要吃一吃海鮮。當地第一家複合式啤酒屋「池塘有魚」，安靜地佇立在南寮魚港附近的環島公路邊。親切的老闆娘，河豚與貝殼的裝飾，讓綠島多了一點觀光氣息。老闆料理食物的動作很快，山珍海味皆備，從當地養殖的梅花鹿、三杯雞到海裡的石斑魚肚、曼波魚，都是菜單上的佳餚。另一項季節限定的特產是「海菜冰」。在綠島岩岸，

Liudau

長有一種翠綠潮濕的海菜，採來煮湯、變成糖水都美味。

至於蘭嶼，觀光淡季時節，島上可能會令你錯覺沒有任何店家開門，習慣都會風格的人，到了此地，也許會焦慮於體內那只前進速度過快的時鐘。那麼，不妨到島上唯一一間咖啡館「部落酒吧」，來杯清涼的啤酒吧。酒吧旁的「蘭嶼商店」應該就是當時三毛曾一口氣買下六隻手刻小木舟的地方。而「部落酒吧」在老闆的巧心佈置下，亦風格別具。酒吧的上方有一隻可愛的小飛機

池塘有魚

蘭嶼的部落酒吧

風向計。店的內部則有色彩濃烈的彩繪，牆上並懸掛了許多島上藝術工作者的繪畫作品。燈光略微昏暗，適於聊天與聽潮聲。入夜後，總有一些當地居民，坐在外頭半露天座位區閒聊；或是，某名自稱「光頭辣妹」的達悟小女孩，毫不畏生地與你併桌，她卻自顧自地玩起迷你撲克牌。

about... 旅行耳朵。

不管是綠島還是蘭嶼，不能迴避的主題便是「海」。

那麼，我們便來聽聽陳建年的「海洋」吧。自序曲開始，那如羊水般拍打在時間的岩岸的潮聲，

屋上的羊，蘭嶼

彷彿就輕輕在呼喚著：要出發啦，要出發啦。當飛機起飛，在藍色的包圍中降落，你彷彿聽見陳建年自然快樂地唱著：「選在晴空萬里的這一天，……徜徉在海邊享受大自然的氣息。」

又或者，不必有任何人聲，讓潮水變成主要音部，我們聽見「海有多深」裡，達悟男人齊聚朗島村落，一起高唱「蘭嶼情歌」：「我有如幼小的樹苗／你怎捨得傷害我／你不真心對我／我們就算有了小孩又如何／你的不真心／只會耽誤我長葉子的機會／如果你誠心對我／我的心才能像洗淨的臉龐」。歌詞很短，情意很長。

Lanyu

閱讀蘭嶼
解構綠島。

蘭嶼機場旁的野百合

蘭嶼書籍

三毛。蘭嶼之歌／皇冠
夏曼．藍波安。冷海情深／聯合文學
夏曼．藍波安。八代灣的神話／晨星
夏曼．藍波安。黑色的翅膀／晨星
拓拔斯．塔瑪匹瑪。蘭嶼行醫記／晨星
詹澈。西瓜寮詩集／元尊文化
原住民神話故事全集1、2集／漢藝色研

綠島書籍

柏楊。柏楊回憶錄／遠流
楊逵。綠島家書／晨星
潘小雪。綠島遊蹤／中華兒童叢書
李志薔。流離島影／唐山出版
汪成華等。人氣島嶼完全攻略／墨刻
台灣離島逍遙遊／TO GO出版

海洋音樂

海洋。陳建年／角頭音樂
海有多深電影原聲帶。陳建年／角頭音樂

東海美食

＊池塘有魚：
綠島鄉南寮村150號
089-672683
＊部落酒吧：
蘭嶼鄉紅頭村48號
089-731608

其他

＊立榮航空訂位：
（台東往綠島／蘭嶼）
089-362626

Liudau

澎湖海事，西嶼陽光

三言兩語說不盡的海事，

跟海一樣，

還在敘述當中……

攝影／E&S

11

澎湖風大。風從四方而來，好像要把最後一點歷史的殘緒給吹掉。不過，沈臨彬的《方壺漁夫》裡，倒是轉述了歷史裡的澎湖：「自泉州順風兩晝夜可至，有草無木，土瘠不宜禾稻，泉人結矛屋居之，氣候常暖，風俗朴野，人多眉壽，……煮海為鹽，釀秫為酒，採魚、蝦、螺……地產胡麻綠豆，山羊之玆生，數萬為群。」

由此觀來，好一幅寧靜安詳澎湖風情畫。

在「風俗志」中所提到的澎湖天氣：「澎湖常年多風，居民擇山凹水隈之地，建造屋宇，形成村落，牆壁俱用咾咕石所砌，其石乃海中鹹

風櫃的老屋

氣所結（珊瑚質）；冬季風速達十八公尺以上，激起水沫升空飄揚，降至陸地即成鹹雨。」

但是，兩岸之間的政治情事，似乎秘密揉搓著此地的風土人情。在郝譽翔的《逆旅》中，虛實相間地把父親的一段往事寫下：「民國三十八年十二月十一日那天忽然又來到郝福禎的眼前，澎湖海風鹹厲陰慘地刮著他的臉，煙台聯中校長及學生七人，被國民黨冠以匪諜罪名槍斃，而郝福禎被抓到澎湖天后宮新生隊，隔離審訊兩星期後，終以無罪釋放。」在後記中，郝譽翔指出這是發生在台灣歷史上的首宗白色恐怖案件。一往一來之中，澎湖的身世與海的本性竟十分相似，表面波瀾不驚，底下暗潮洶湧。

時間，從風櫃上岸

事實上，身爲臺灣第一大離島的澎湖，揹負著更多人們的注視。

時間過得更久以後，阿兵哥累積得更多，書寫澎湖的檔案也就更豐富了。侯文詠的《離島醫生》用一種戲而不謔的口吻，把

侯文詠的《離島醫生》主要場景之一

現代化軍事基地種種人性面、醜陋面、荒謬面、多情面給一網打盡。能夠自我揶揄的部分是退伍後寫的，帶著濃濃感傷的篇章是服役時寫的，兩款侯文詠，就像如今並肩站在一起的新、舊馬公航空站，見證著時間的改變。

另一位在澎湖服役的散文作家阿盛，則在〈風繫澎湖情〉一文中，書寫了彼時的「風櫃」。侯孝賢年輕時曾拍過「風櫃來的人」，把四個等待入伍當兵青年的百無聊賴心情拍得栩栩如生。許多觀眾都深深記得，他們在陽光燦爛的天氣裡，迎著浪花跳舞的一幕。屬於阿盛的畫面，卻是他當代理班長，帶班兵到風櫃村出公差的一段。——由於澎湖的軍民互動親密，有阿兵哥處必有販賣冰水的蒙面女郎。班兵們年輕氣盛，以言語惡戲，慫恿女郎褪下面罩。阿盛覺得不妥，出面阻止，女郎不願阿盛爲難，所以解下包巾爲他解困。沒想到，那些班兵們竟對著女郎說：「啊，不漂亮。」就爲了這件事，阿盛和阿兵哥大打一架，關了三天禁閉。

而這，已是十數年前的往事了。今日，午後的風櫃村，多了現代的建築，間雜著幾間凋敝的舊屋，門口的門聯寫著：「要好兒孫須積德／欲高門第必讀書」，無意間透露了住民們的因果觀念與教育指標。至於風櫃村外的海，仍舊是一種漸層的藍，儘管，再找不回侯孝賢電影裡的場景。

一起去風櫃吧

但澎湖只能屬於過客嗎？

澎湖女兒陳淑瑤在小說集《海事》中，叨叨絮絮地把澎湖生活，寫成文字。

〈女兒井〉、〈南風〉、〈飄浪之女〉、〈花身仔〉諸篇，都是澎湖在地生活的真實翦影。有趣的是，陳淑瑤的筆法鮮活，一字一句像拍電影，畫面比故事性強，又不願挑明地名。讀著讀著，像在讀一則巷里裡

澎湖水族館

的傳說，或是晚飯桌上媽媽聽來的耳語。文本裡的地點可以是鎖港，那裡有兩座四層樓高的石敢當，像極了澎湖限定版的金字塔。可以是沙港，那裡有聞名的海豚觀賞。可以是鼎灣，許多創作者去那裡爲受刑人分享創作心得，於是身在獄中的他們，也開始書寫自己在邊緣的故事。可以是一條最老的街，那或許是馬公市鬧區的中央街。鄰近著四百年歷史的天后宮，又稱「媽宮」，飛簷上有著美麗的藻飾，卻又把悠遠的時間講得那麼素樸。可以是白沙，「澎湖水族館」座落在此地，爲海洋生態發聲。

澎湖人的口音跟閩南話略有不同，你（音讀：立）要說成「路」，箸（音讀：底）要說成「篤」，豬（音讀：低）要說成「都」，這是當地人的腔。但飄洋過海成了異鄉人之後，口音不覺間都混合了。

這或許便是澎湖人奇妙的心結，也是另一種不可言喻的鄉愁，就像陳淑瑤在後記裡所說的：「夏日裡大家都下海去活動，留我在陸上閒晃，那時的寂寞就跟在台北的感覺差不多，巴望著他們快點回來說海事給我聽。」

其實，三言兩語說不盡的海事，跟海一樣，還在敘述當中。

about... 順道西嶼。

名聞遐邇的「澎湖跨海大橋」銜接著白沙島和漁翁島，它跨越了湍急的「吼門水道」。而所謂的漁翁島，也就是西嶼。放眼望去，西嶼明顯地比馬公市區原始與荒涼。但在古蒙仁的報導文學〈西嶼鄉的異鄉客〉一文中，我們卻得知關於此地的一段往事。那是民國六十四年間，中南半島爆發了歷史上罕見的難民潮，

估計約有一百一十萬人逃離共黨的統治，其中二十餘萬人在海上因天候或海盜喪生；逃到其他東南亞國家也有三十萬餘人。此時，臺灣也伸出援手，在高雄九曲堂設立接待站。

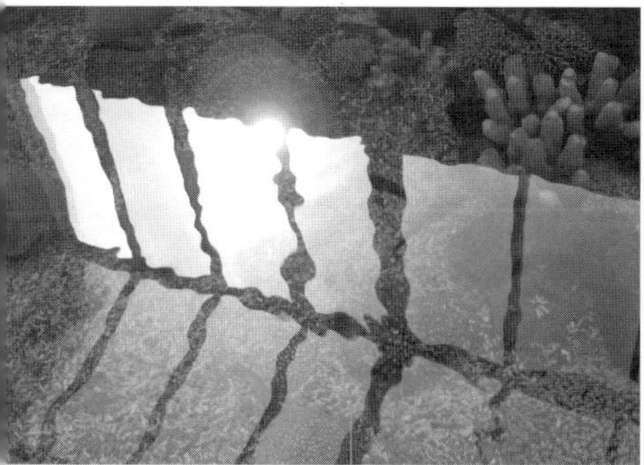

水光

一種旋轉

民國六十六年，有越南逃出的難民六十六名，經政府相關單位的安排後，在西嶼設立了一個接待所，後來，漸漸擴張爲「中南半島難民接待中心」，前後接待了數千名難民。不管是政治因素，或是歷史的趨力，西嶼鄉都曾見證了人與人之間的溫暖和有情。

如今的西嶼則相當安靜。晴朗的時候，平坦寬直的馬路幾乎讓人忘了這是一座島。島之末端的「漁翁島燈塔」有國軍駐守著，在偶有仙人掌盤據的翠綠草坪之後，是遼闊的臺灣海峽。矮矮的白色的燈塔就這樣站立在制高點上，守望著過往的船隻，或者，也觀望巨大敵人的動靜。外垵的小村沿著海岸線展開，各家的漁船港邊停靠，依山傍水的風景，讓人想起舊

澎湖跨海大橋

金山那個美麗的小漁港——鍾曉陽《哀歌》裡也寫過的，sausalito。

離燈塔不遠處就是有名的「西台古堡」，又名「西嶼西台」。因爲該處扼守著澎湖灣的咽喉位置，清朝李鴻章遂命海防官員於1886年（清光緒12年）在此地興建海防砲台。如今已是一級古蹟的古堡，漫步其中，時間彷若瞬間凝結。想像當年曾有軍隊在堡內炊煮、生活、禦敵，如今保持得甚爲乾淨整潔，拱形的通道交相連接，變成山字形。此堡建成之後，曾歷經法軍與日軍砲火，至今卻仍能完整保留著，十分難得。

離開古堡，行至池東一帶，因爲一支麥當勞的過年廣告又重新抓住大眾目光的「二崁古厝」正靜靜座落在海邊。在保存良好的古厝群街道上走動，時光即刻倒退一百年。看古厝的門楣之上，因東北季風強烈，多半不貼紙製的春聯，而以木板代替，或直接鑴刻在牆上。其中一幢陳家古厝，已列三級古蹟，外牆以玄武岩爲建材，更在中央處懸一個鐘，相當西式。穿越厝

西嶼燈塔

西台古堡

內三進五落，好像可以看見在置放其中的傢俱背後，曾有一大戶人家生活過的煙火遺痕。

正巧的是，桑品載在〈廢園遺夢〉一文中，也提到了二崁。民國五十年代，漁翁島還是一個沒有自來水也沒有電力的小島。部隊駐紮在牛心灣，要大伙兒自己去找雕堡或廢屋住，桑品載一行人便找到了二崁。根據他的說法：「沿著我們住的那廢圮往裡走，才五戶人家，全姓陳。房子倒很集中，憋一口氣可以把五家走完。最裡頭的那一戶還是畫棟雕樑。」而他在那裡夜讀張愛玲、海明威、巴爾札克、左拉，並且邂逅一段未發生的戀曲。

about... 鮮甜海味。

在馬公市街，如果抵擋不住澎湖的豔陽高照，走著累了、渴了，可以到樹德路旁一間小店：「口渴急診處」。店面看起來有一種令人放心的氣質。老闆親自調製的各式茶飲，適合各種口渴狀況的旅人，或是苦茶，或是青草茶，微溫入喉，甘潤可口。此外，在仁愛路與中正路口的

Shiyu

「阿華滷菜」，除了滷味功夫一流，特製的排骨意麵和豬舌冬粉也令人回齒餘香。走幾步路，對街「盛興製餅」的黑糖糕和特製鹹餅也是許多人喜愛的伴手。夏天時分，漁民在夜裡以燈光誘捕小管，製成新鮮的小管乾貨，下酒、當零食都好吃。春夏時節，澎湖還會特產一種類似甜瓜的水果：楊梅，是臺灣本島所未見的，值得試試。

過了跨海大橋，來到西嶼，「清心飲食店」儼然以一種地標的方式存在著。

二崁的古厝

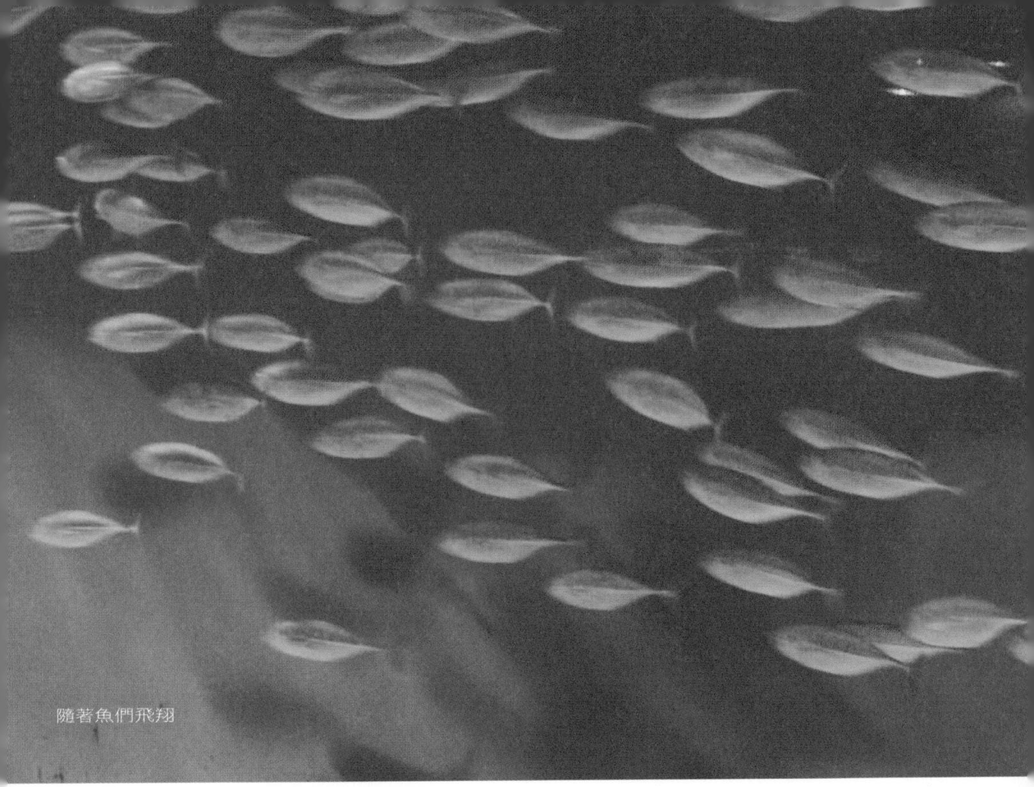

隨著魚們飛翔

在建築物的外壁和店內的牆上都飾有各種貝殼的鑲嵌，開店多年的呂老闆對自己的料理相當有自信，並且以具規模的方式經營著。菜單上，可以看見澎湖當地的海味：魚類、貝類、蟹類，還有海菜或是澎湖絲瓜等道地口味，是看似荒莽的西嶼當地一處不可錯過的美食景點。

about...旅行耳朵。

青春的背包裡，一定要有一張「五月天」。就像當我們站在一望無際的蔚藍海域，想像自己的未來與夢想，海總是那麼無涯地包容與吞噬著一切，耳畔於是響起五月天的「人生海海」：「有一天，我在想，我到底算是個什麼東西／還是我，會不會，根本就不算東西？」然而，海水沒有拒絕，也沒有回答：「常常我閉上眼睛／聽到了海的呼吸，是你／溫柔的藍色潮汐……就算真的，整個世界，把我拋棄／至少快樂傷心我自己決定」。短短的一首歌，在海的凝視裡，已經有了人生的滋味，有了出發，自己就是未來的舵手。

或者，如沈臨彬在《方壺漁夫》的序言裡提到的：「泰瑪手記卻讓自己裸露在這裡，思想經過筆尖流到紙上時，早已失去了原來的樣子，我是否完全忘情了呢？」關於心靈與自我人生和書寫間的探索，五月天的「一顆蘋果」似乎說得更爲貼近：「有些人經過我身旁，住在我腦中，在我心裡鑽洞……我想到遙遠遙遠的以後，會不會有人知道我，在這個星球，曾這樣的活過？」主唱阿信的嗓音好青春，唱著唱著，彷彿幸福眞的夠用，活著其實很好，吃一顆蘋果，看一回日落，都是好的。

經過魚的正確方法

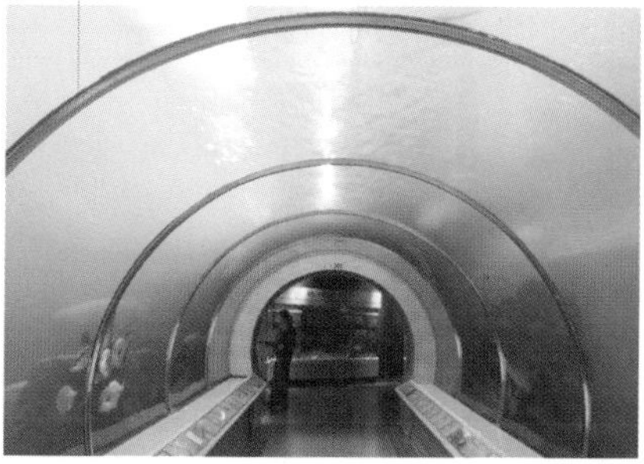

Penghu

書裡看海
聽見潮聲。

馬公海邊

相關的澎湖文本

陳淑瑤。海事／聯合文學
侯文詠。離島醫生／皇冠
張曼娟。人間煙火／皇冠
鹿憶鹿。欲寄相思／九歌
郝譽翔。逆旅／聯合文學
沈臨彬。方壺漁夫／爾雅
桑品載。岸與岸／爾雅
阿盛。心情兩紀年／聯合文學
古蒙仁。臺灣社會檔案／九歌
澎湖鼎灣寫作班。在邊緣的故事／探索出版
澎湖鼎灣寫作班。在邊緣的陽光／躍昇出版
汪成華等。人氣島嶼完全攻略／墨刻
台灣離島逍遙遊／TO GO出版

海邊聽的音樂

五月天。人生海海／滾石唱片
潘安邦。外婆的澎湖灣／金企鵝唱片

清心小吃部

好吃的滷菜店

好味道的住址

＊口渴急診處：
澎湖縣馬公市樹德路15號
06-927-3154
＊阿華滷菜：
澎湖縣馬公市仁愛路65號
06-927-9201
＊盛興製餅：
澎湖縣馬公市仁愛路36號
06-927-3050
＊清心飲食店：
澎湖縣西嶼鄉池東村77之2號
06-998-1128

其他

＊澎湖水族館：
澎湖縣白沙鄉岐頭村58號　06-993-3006
＊澎湖故事妻：
澎湖縣馬公市海埔路25號　06-926-1867

Shiyu

告別馬祖，打開金門

攝影／E&S

翟山坑道裡有鑿發齊整的小洞，

用來放置戰備小艇，

再往下，

海水侵入，

呈A字型的長條狀，
洞外有光，
發聲，立即產生迴音。
嗡嗡嗡嗡，像從時光彼岸而來的迴音，
會告訴我們舊時金門的心事嗎？

馬祖的海

12

也許是因爲距離的關係，戰地馬祖總是多了一絲絲神秘的氣氛。

然而，二〇〇〇年，林保寶出版了《牆上烽火》，記錄了金門馬祖的反共標語。二〇〇一年，又以《馬祖，世紀末的告別》一書，爲馬祖諸島上的士官兵們素描，是相當有質感的報導文學。

不關乎政治的時候，馬祖其實很乖巧。窮山惡水也擋不住此地人民的熱情。

當陽光把海水照亮，北竿芹壁村裡，一幢幢閩式的石砌之屋，四面落水，方方正正，在修葺完畢後成爲具備地方特色的民宿。遠遠望去，這些屋子好似在芹山與壁山面前，把自己站成一顆顆美麗的印章。同

芹壁村洗衣老婦

八八坑道

時，許多馬祖出身的熱情文史工作者，為當地修史、打造文化氛圍，並且迎來了更多朋友，誘惑他們愛上馬祖。在林保寶的統計裡，馬祖的標語正急速消失中。比較常見一點的，像是「軍民一家、同島一命」或「解救大陸同胞」；比較特別一點的，如「生死榮辱與共、吃喝玩樂一起」或「登高望大陸、跨海平妖魔」。各式標語寫在馬祖人民生活的每一個轉彎處，像一種深刻的提醒。誰說，這不是一種最普遍的文學樣本？有趣的是，當兩岸政治氛圍仍曖昧不明，馬祖早已身體力行地吃起對岸的甜美鴨梨，大口飲下對岸的惠泉啤酒。

細看地圖，整個馬祖列島，除了高登、亮島、小紫澳等小島外，最大的三個區塊當然是：東引、西引；南竿、北竿；東莒、西莒。北竿島有機場，佔了交通之便，酒廠、八八坑道也是一種醇美的液體風景。而每天，往返於南、北竿之間的小艇，則盡職地串連起島與島

芹壁村裡奔跑而過的孩子

之間的虛線。當船要停靠在南竿的碼頭之前，映入眼簾的便是福沃港山頭上的四個大字：「枕戈待旦」。南竿是文教政經中心，要比北竿來得熱鬧一些。儘管如此，仍維持著相當素樸的面貌——這一點，由縣政府前的一大塊菁華地段都當作了「蔬菜公園」便可以想見。東北方的牛角村，在有心的經營中，變成了藝術村。漫步其中，可以見到常駐的藝術家執筆作畫，或者，就只是坐在高低起伏的小徑旁，看遠方的海。

一九九九年春天，藝文工作者蘇旺伸、許雨仁、羅葉、師瓊瑜、林銓居、何經泰、林保寶等七人受邀至藝術村，在當地生活、思考、創作、互動，並將作品結集成《島嶼的飛翔》一冊，是非常珍貴的記錄。

在林保寶《馬祖，世紀末的告別》裡，有一篇〈東湧日報的一天〉是東引的寫眞。無獨有偶地，桑品載〈碉堡裡辦報紙〉一文，正是寫當年他任職《東湧日報》總編輯的回憶書寫。在那克難的年代裡，辦報克難、生活克難，卻另有一番說不出的滋味。另一篇與東引相關的〈父子會〉，更心酸地道出在時代與命運無情地安排中，因天候不佳暫時借留「漁民之家」的大陸老漁民，經桑品載暗中安排，見到了已失蹤五、六年，結果是出海捕魚時被抓去當兵，此刻剛好部隊也在東引的兒子。那是整個大時代的悲劇，卻也因此格外無奈。

與東犬（今易名「東莒」）相關的，是〈烙著號碼的女人〉一篇。桑品載下部隊後的第一個工作，便是到東莒的「軍樂園」，管理十九個編有

遠方的「枕戈待旦」

東引燈塔

號碼的女人。

在他樸實流利的文字中，一個已逝的時空再現了：曾有一群來自臺灣和澎湖的女子，揹負著一言難盡的身世，到前線去，用肉身撫慰異鄉的戰士。

如今的馬祖，不僅告別了一個舊的世紀，也告別了那個虛擬的「樂園」，但在時光的翻頁中，又將以什麼形貌展現？

about... 金門前線。

在詩人鄭愁予的筆下，金門夾道的木麻黃是一種「金屬聲的綠」，而當飛機降落前輕輕劃過料羅灣上空，我們正經過吳鈞堯遠離故里的鄉愁。

眾所周知地，舊稱「梧州」的金門開發甚早，或因和大陸靠得很近，閩南氣息相當濃厚，這一點，可以從山后、北山、水頭、西村等地保存下來的古厝得知。

日光海岸

在戰爭中被破壞的古寧頭老厝

踏上金門，陽光豔豔，空氣裡卻帶著一點涼涼的水氣，提醒著這是一座島，卻不是昔日八二三砲戰、古寧頭戰役的孤島；今日的金門，繁花茂盛，像一個大型的花園——好比島東的「山后民俗文化村」，王姓人家的十八戶古厝，見證著一個舊世代的人情味。島之東北，馬山觀測站與廈門一水之隔，趴在窄長的坑道洞內遠眺，可以望見彼岸開來的船隻，船上的人們也正拿著望遠鏡向此地觀望。

島之西北，便是大名鼎鼎古寧頭，慘烈的決定性戰役，如今仍留在彈孔穿透的老牆上；海岸線蔚藍且美，卻佈滿雷區。島之西南，金城繁華，文教財經重心亦在此地，一條民生路線沿著單拱連廊的模範街迤邐而開，穿越貞節牌坊，轉莒光路，大陸的山產與水果也可在小販的攤位上購得。

在金門最狹的中央部位：瓊林，

Kinmen

金門民俗村的簷角

則是黃克全短篇小說〈斑枝花〉的場景。其實，他的短篇小說集《夜戲》，根本就是一本以金門爲主題的地方誌式小說，也是個人的抒情斷代史。「瓊林」，最富盛名的便是地下坑道，而今在風獅爺的守護下，靜靜盤睡在地底。倘若細數黃克全小說裡的人物，也可以看出一點道地的端倪：賣身的妓女、童年的鹹魚、空投事件的謊言、山外的軍樂團、一場關乎命案的夜戲、太武山的士官長、移民南洋的華僑魔術師。這些主角的選擇，作者也許是無心的，卻有機地串連出屬於金門的幾項宿命。

金門，像一本有空格的史冊，被先來後到的人們塗改、重寫。

不能抹去的是矗立島中央的太武山。海拔雖然不高，卻已是金門島上最雄巍的山。李潼的〈相思月娘〉，即以此爲背景，寫出兩代的對

炮彈記憶著歷史

比。故事裡，有一個十分優雅的母親，長年在父親的婚姻暴力中屈服、沉默。孩子們都極力爲她打抱不平，她卻心神甚定，不爲所動。沒想到，當金門開放觀光後，母親主動要求前往一遊，一趟攀登太武山的行程，勾起她全部的想像：「太武山，應該不是太高的山頭吧。山上的相思樹，種得多嗎？說是管區附近的山腰，有一間視野很好的寺廟。在太武山，可以聽見潮浪的聲響嗎？」太武山上，是聽不見潮聲的，卻在鄭成功奕棋的石梯上，彷彿看見了那個談吐輕柔的母親，仔細謹慎地拿出薄如蟬翼的信紙，那是歐多桑在與她結婚前來金門當兵，寫下的情詩：「月娘在相思樹的暗影頂／浮動的暗影想起妳一人／是拍岸的海湧聲／還是風吹樹影代替我／聲聲叫著妳的名／相思相思只有我知影」。這一趟金門的行旅，竟是那母親爲了憑弔愛情的自我完成，回台灣後，她主動簽下

〈相思月娘〉裡的海印寺

打鐵製作菜刀

了離婚協議書。

金門多軍人，走在山外的市集裡，來往擦身的都是綠意盎然的阿兵哥，他們在此地度過兩年青春，在街上吃食，撥電話向遠方聯絡，在出租書店汲一點新的知識，或許，其中也有一個是孫瑋芒的身影，他曾深情寫下散文〈金門之犬〉，既寫軍旅生活，也寫人與狗之間的樸實情感。

而在島之東南，經過金城、舊金城，經過寧靜脫塵的古崗湖，來到翟山坑道，如同馬祖南竿的北海坑道一般，都是戰爭時代鬼斧天工的紀念品。走進，天光乍暗，一股陰涼襲來，坑道裡有鑿發齊整的小洞，用來放置戰備小艇，再往下，海水侵入，呈A字型的長條狀，洞外有光，發聲，立即產生迴音。

過去用來向對岸喊話的馬山播音站

嗡嗡嗡嗡，像從時光彼岸而來的迴音，會告訴我們舊時金門的心事嗎？

about... 祖國口味。

在馬祖南竿的牛角藝術村，有一處曾是豬寮，如今搖身一變，卻成為相當古意又有地區特色的「漁寮書齋」。店不大，咖啡很道地，連MENU都像是藝術品般，將飲品名稱貼在一方洗淨的舊瓦上，別具風味。

在金門，美食甚多，不論是適合攜帶的聖祖貢糖、紅高粱竹葉貢糖或是名聞遠近的高坑牛肉干。前兩者甜而不膩，口味多變。像是海蘭酥、碧洛酥等花式口味都讓貢糖更上層樓，至於竹葉貢糖的芝麻桂花口味，只能以神奇形容，一口咬下，彷彿嘴裡都要跳出一句詩。高坑牛肉干汁多味美，吃了便知，無需贅述。

此外，當地一條模範街上所賣的閩式甜燒餅，絕不能錯

巷弄中的貢糖店

荒廢的水月樓

過；山外復興路底的談天樓，有一款甜酒釀芝麻湯圓冰，出神入化，嘖嘖稱奇。在體育館旁的一間「記德小館」，烹有新鮮的黃魚，物美價廉，是最最道地的金門美味。

about... 旅行耳朵。

既然，都已經來到了「戰地最前線」，耳朵裡所聽的音樂也不好太萎靡，那麼，改編自軍歌的流行歌曲應該是最爲應景的吧。還沒有入伍前，就先點播一首黃品源的「我要來去作兵」：「許多朋友還沒退伍愛人就離開／他講也不知道到底是為啥米？……我要來去作兵，欲轉大人就要先來學拿槍」。歌裡唱盡了役男的掙扎、不捨和佯裝出來的灑脫。

進到新訓中心之後，一天到晚接受班長們的「耳提面命」，很適合聽一聽庾澄慶的「報告班長」：「報告班長，提槍低姿快跑前進，臥倒出槍慢轉槍慢，……報告班長，我的內褲打死結，借把剪刀好不好？胡鬧！合理的要求是訓練，不合理的要求是磨練！」RAP的歌詞十分吻合新訓生活的緊張速度。

下部隊時，大家最怕抽中外島籤。要前往外島當兵，每個人心裡無不七下八下，尤其和對岸大陸隔得那麼近，聽說一不小心就會被「摸掉」，這時，陳昇的「夜襲」正好唱出了那種肅殺凜冽的氣氛。結果，沒想到，一不小心，世界太平、萬壽無疆地當到快退伍了，日子過得百無聊賴，亂沒意思的，半夜睡不著，扭開收音機，糯米糰很HIGH地吶喊「英勇戰士搖搖頭」，群魔亂伍、衆神高歌之中，「退伍令」從天而降，結束了戰地之旅。

金門夜景

Matsu

前往戰地保身密笈。

與金門、馬祖相關的文本

吳鈞堯。龍的憂鬱／九歌
小野。金門，不是蓋的／2001.3.25人間副刊
朱秀娟。木痲黃的誘惑／皇冠
李潼。相思月娘／麥田
鄭愁予。鄭愁予詩集1／洪範書店
黃克全。夜戲／爾雅出版
夏祖麗。人間的感情／純文學出版
林保寶。馬祖，世紀末的告別／天下文化
林保寶。愛者——石仁愛修女在馬祖／天下文化
林保寶。牆上鋒火——金門、馬祖反共愛國精神標語／博陽文化
林保寶等。島嶼的飛翔／連江縣政府
桑品載。岸與岸／爾雅
李志薔。流離島影／唐山出版
周嘯虹。馬祖．高雄．我／爾雅
汪成華等。人氣島嶼完全攻略／墨刻
台灣離島逍遙遊／TO GO出版

音樂

黃品源。面對品源／友善的狗
庾澄慶。第一張精選輯／新力唱片
陳昇。風箏／滾石唱片
糯米糰。Super Ep／魔岩唱片

落腳地

＊芹壁村：
馬祖北竿芹壁村49號
083-655456

＊日光海岸：
馬祖南竿仁愛村6號
083-626666

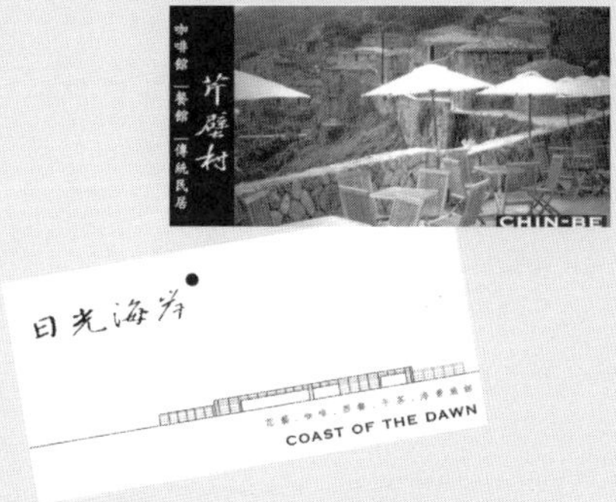

好吃的閩式甜燒餅

美食

＊漁寮書齋：
馬祖南竿復興村110之1號
0836-26025

＊記德小館：
金門金城鎮民族路253號
082-324461

＊高坑牛肉干：
金門縣金沙鎮高坑38號
082-352549

＊聖祖貢糖：
金門金寧鄉伯玉路2段223號
082-323456

＊紅高粱竹葉貢糖：
金門金城鎮中興路156號
082-323799

＊三采齋閩式燒餅：
金門金城鎮模範街10號

靠近金馬

＊馬祖資訊網：
http://matsu.uknows.net/right.php

＊金門觀光旅遊網：
http://www.kinmen.com/

Kinmen

Special Thanks To:

謝謝自由時報孫守仁先生的創想。
謝謝砲輝哥的牽成。

謝謝爸媽給我肉體出發，又給我靈魂可以抵達。
謝謝奶奶總是關心拍照的進度，雖然她並不明瞭。
謝謝培容陪我去美濃、旗山。
謝謝瑜伶跟我一起鹿港、雲林一日遊。

謝謝曼娟老師拔刀相助，我想念一起在前線的日子。
謝謝張爸張媽慶祐雅蘭育丞岱君美貞的南方之旅。
謝謝維中陪我島嶼間漫遊。
謝謝暉翔跟我一起行走蕭麗紅的小說場景。

謝謝慶祐幫我拍咖啡館風景。
謝謝KAKU載我去拍城市。

謝謝致和幫我拍東引燈塔。

謝謝美編安琪的魔術手指。

謝謝所有曾經指點迷津的陌生同胞，我們同在一座島，或另一座島。

謝謝碧海藍天，以及遠方的人與建築群。

謝謝所有書寫台灣的作者，是你們豐富了飛翔之島。

謝謝許多朋友的關心慰問，讓書寫的我不孤單。

國家圖書館出版品預行編目資料

飛翔之島／孫梓評著. -- 初版. --
台北市：麥田出版：城邦文化 發行,
2002〔民91〕
面；公分--（孫梓評作品集；6）
ISBN 986-7895-52-5（平裝）
855 91010810

麥田出版

廣　告　回　郵
北區郵政管理局登記證
台北廣字第000791號
免　貼　郵　票

英屬蓋曼群島商家庭傳媒(股)公司城邦分公司
104 台北市民生東路二段 141 號 5 樓

請沿虛線摺下裝訂，謝謝！

麥田出版

文學・歷史・人文・軍事・生活

編號：RL6306　　書名：飛翔之島

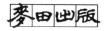

cité 城邦

讀者回函卡

謝謝您購買我們出版的書。請將讀者回函卡填好寄回，我們將不定期寄上城邦集團最新的出版資訊。

姓名：__________ 電子信箱：__________

聯絡地址：□ □ □ __________

____

電話：(公) __________ (宅) __________

身分證字號：__________ (此即您的讀者編號)

生日：___年___月___日 性別： □ 男 □ 女

職業： □ 軍警 □公教 □ 學生 □ 傳播業

□ 製造業 □ 金融業 □ 資訊業 □ 銷售業

□ 其他 __________

教育程度：□ 碩士及以上 □大學 □專科 □ 高中

□ 國中及以下

購買方式：□ 書店 □ 郵購 □ 其他 __________

喜歡閱讀的種類：□ 文學 □ 商業 □ 軍事 □ 歷史

□ 旅遊 □ 藝術 □ 科學 □ 推理 □ 傳記

□ 生活、勵志 □ 教育、心理

□ 其他 __________

您從何處得知本書的消息？(可複選)

□ 書店 □ 報章雜誌 □ 廣播 □ 電視

□ 書訊 □ 親友 □ 其他 __________

本書優點：□ 內容符合期待 □ 文筆流暢 □ 具實用性

(可複選) □ 版面、圖片、字體安排適當 □ 其他 __________

本書缺點：□ 內容不符合期待 □ 文筆欠佳 □ 內容平平

(可複選) □ 觀念保守 □ 版面、圖片、字體安排不易閱讀

□ 價格偏高 □ 其他 __________

您對我們的建議：

____